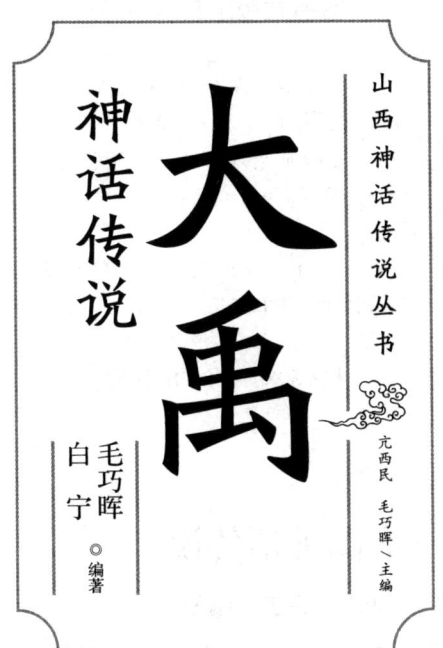

山西神话传说丛书

亢西民 毛巧晖 主编

大禹神话传说

毛巧晖 白宁 编著

山西出版传媒集团　北岳文艺出版社
·太原·

图书在版编目（CIP）数据

大禹神话传说 / 毛巧晖，白宁编著 . —太原：北岳文艺出版社，2021.9（2022.11 重印）
（山西神话传说丛书 / 亢西民，毛巧晖主编）
ISBN 978-7-5378-6445-9

Ⅰ.①大… Ⅱ.①毛… ②白… Ⅲ.①神话—作品集—中国 Ⅳ.① I277.5

中国版本图书馆 CIP 数据核字（2021）第 174699 号

# 大禹神话传说

毛巧晖　白宁 / 编著

//

**出品人**
郭文礼

**责任编辑**
贾江涛

**书籍设计**
张永文

**印装监制**
郭勇

出版发行：山西出版传媒集团·北岳文艺出版社
地址：山西省太原市并州南路 57 号　邮编：030012
电话：0351-5628697
传真：0351-5628680
经销商：新华书店
印刷装订：山西人民印刷有限责任公司
开本：890mm×1240mm　1/32
字数：100 千字
印张：4.375
版次：2021 年 9 月第 1 版
印次：2022 年 11 月山西第 2 次印刷
书号：ISBN 978-7-5378-6445-9
定价：35.00 元

本书版权为本社独家所有，未经本社同意不得转载、摘编或复制

# 《山西神话传说丛书》编委会

**主　　任**　卫建国

**副 主 任**　亢西民　毛巧晖

**成　　员**　（以姓氏笔画为序）

万俊人　卫建国　毛巧晖　亢西民
白　宁　刘小明　刘同彪　李小刚
张　歆　陈勤建　范婷婷　秦作栋
高忠严　黄金龙　崔　楠　续小强

**丛书主编**　亢西民　毛巧晖
**丛书副主编**　高忠严　刘同彪　李小刚

# 总序

山西地处华北黄土高原，东有太行，西有吕梁，南临黄河，北凭古长城，物阜民丰，人杰地灵，自古就有"表里山河"之谓。山西有文字记载的历史长达三千年之久，素有"中国古代文化博物馆"之称。位于晋陕豫黄河大拐弯腹地的晋南地区，更是土地肥沃，宜稼宜穑。据考古发掘证明，早在旧石器时代，就有先民在此繁衍生息。当前，在我国发现的两百多处旧石器时代早期遗址中，有五分之四是在山西。其中最早、最具代表性的是山西芮城西侯度遗址中发掘出的火烧骨化石，证实了早在一百八十万年前，在此繁衍生息的中华民族先祖已经燃起了人类文明的第一把圣火。在运城夏县西阴文化遗址中发现的蚕茧化石，证明早在六千年前的晋南一带人们已经开始养蚕缫丝；在临汾襄汾县陶寺村西南发掘出的四千多年前的古城遗址，被学者们认为是当时东方世界规模最大的城市，很有可能就是帝尧的都城。此外,这里还有传说中帝舜和大禹的都城①,尚待考古发掘的进一步证实和探究。有鉴于此,文化学者们把晋南称之为"古中国",而以此为中心的黄河流域便是中华民族当之无愧的发祥地和中华文明的摇篮。

在山西这片沃土上,千百年来就流传着无数优美动人的神话故事和传说。如女娲补天、帝尧教民掘井取水、大禹治水、黄帝斩蚩尤、后稷教民稼穑、嫘祖教民养蚕缫丝等等。在中国神话学界有所谓"昆仑神话""太行神话"②"蓬莱神话""楚神话"之说,其主体是"昆仑神话"和"太行神话";而山西,特别是晋南和晋东南一带,正是"太行神话"流传的中心地。在山西省域流传的神话传说中,尽管包含和杂糅有前述三种神话系列的神话传说,但其核心部分则是太行系列的神话传说。因此,从某种程度而言,山西流传的神话传说,即"太行神话",亦即上古中国的神话传说。

基于对中华民族传统文化、故土文化的热爱,山西师范大学"黄河民俗文化研究所"和"黄河文化与教育研究中心"的师生们,对山西省域内流传的神话传说以及民俗文化进行了长期、系统、深入的调查与研究,写出大量的学位论文和学术论文,本丛书就是在这些研究成果的基础之上进一步整理、加工、提升、撰

---

① 晋代皇甫谧《帝王世纪》:"尧都平阳,舜都蒲坂,禹都安邑。"蒲坂,今山西永济古称;安邑,古代都邑名,位于今山西运城。
② 又称"中原神话"。

写而成的。

　　本丛书所辑录、整理和研究的神话传说，从主人公的出生地及故事流传地域几方面因素来考量，大致分为以下几种情形：一种是神话传说之主人公出生地在山西，故事原生地也多在山西，主要流传于山西某地或其他地区的神话传说，如帝尧①的神话传说、帝舜②的神话传说、后稷的故事、师旷的故事等等；一种是神话传说之主人公出生地在其他地区，但在山西留下大量活动的足迹，故事的原生地是山西，主要流传于山西或其他地区的神话传说，如黄帝的神话传说、大禹治水神话、姜嫄的故事等等；还有一种是神话传说之主人公出生于其他地区，故事的原生地也在其他地区，但在山西地区有着广泛流传的神话传说，如夸父逐日、仓颉造字等等。不管是何种情形，这些神话传说的共同特点是都有着积极的思想内涵。有的神话传说，如盘古开天辟地、共工怒触不周之山、女娲造人，所反映的是中华民族的先祖们尽管对当时所处的自然环境缺乏认识和了解，也无从对这些现象做出科学解释，但他们又渴望了解和把握这些现象，并且进一步做出化害为利、征服自然的积极可贵的尝试和努力；有的神话传说所反映的是先祖们在恶劣的

---

① 帝尧出生地，国内文化学术界除"山西临汾说"之外，尚有"河北保定说""江苏金湖说"等。
② 帝舜出生地，除"山西永济说"外，国内文化学术界还有"山东诸冯说""河南濮阳说""湖南永州说"。在今山西省永济市及运城市域内有许多与帝舜活动有关的地名，可视作"山西永济说"的佐证。

自然环境下，直面种种艰难险阻、生存困境，所表现出的勇于斗争、不甘屈服妥协的坚强意志和抗争精神，如愚公移山、羿射九日、大禹治水；有的神话传说反映的是先祖们在民族部落时代，面对自然和社会的敌人，在战争中所体现的崇高英雄气概，以及在治国理政、处理种种人伦关系中所表现出的贤良美德，如尧舜禅让、杨家将故事与关公故事等等；有的神话传说则彰显的是先祖们长期以来同大自然与社会斗争的伟大发明创造，以及在其中所显现的聪明、才能、经验和智慧，如帝尧掘井取水、嫘祖教民养蚕缫丝、后稷教民稼穑、羲和制定天文历法等等。

在这些神话传说中，塑造出许多形象生动、性格鲜明的人物，如仁爱贤德治国为民的帝尧、三过家门而不入的治水英雄大禹、爱情真挚坚韧的牛郎织女、忠义仁勇的关公等等，这些形象已经深深镌刻在人们心中，成为一种深厚的民族文化积淀和鲜明的民族文化标志。同时，这些神话传说的艺术表现形式也非常优美，具有经久不衰的艺术魅力。如大禹治水的神话传说：大禹为根治水患，经年奋战，三过家门而不入，吸取父亲治水的教训，改堵为疏，而最终成功治水。故事情节曲折生动，十分感人。又如愚公移山的故事，把愚公与智叟进行对比，凸显出愚公朴实、坚毅的美好品质，故事富于哲理和教育意义。

这些神话传说具有浓郁的民族特色和地方文化特色。与古希腊以及其他西方国家民族的神话传说不同的是，这些神话传说的题材反映的多是先民在上古农耕生活中人与恶劣的自然环境之间，以及不同民族部落之间为争夺生存空间而进行的斗争生活；而作为航海民族和游牧民族神话传说中常见的航海冒险之类的英雄故事在山西神话传说中则十分罕见，由此而显现出上古时期我们先祖在黄河流域的生活状貌具有鲜明的农耕民族神话的特色。此外，这些神话传说中的英雄人物也与西方民族神话传说中的英雄人物不同，他们身上所彰显的不只是武艺高强、勇武善战、视死如归的个人品质和英雄风范，同时，还更多地展现出对民族（或氏族部落）的集体责任感和家国情怀，以及为人处世方面的品质和贤德。后世中国文学中的英雄与西方文学中英雄的差异由此开启先河。

这些神话传说，是中华民族的先祖生活经历以及认识把握自我和周围世界的经验智慧的结晶，是人类思维最早绽放的文明智慧之花，可以被视作当时人们生活的"元科学""元艺术"和"百科全书"。在千百年的流传过程中，人们把自己的生活体验、理想愿望、价值观念、审美理想凝聚其中，从而观照出中华民族成长繁衍的历史，其中深深地镌刻着中华民族的集体文化记忆，隐含着深厚的中华民族的种族基因，以及中华民族文化何以成为一种和合文化、伦理文化的深刻文化逻辑，从中我们可以找到解读中华民族文化符码的钥匙。

最后，需要我们特别说明的是，我们在搜集、研究、撰写山西神话传说与民间故事的过程中，广泛吸收和借鉴了国内许多专家和山西师范大学"黄河民俗文化研究所"师生们的研究成果；曾经受到来自山西师范大学、山西省文化科技相关政府机构以及北岳文艺出版社领导和编辑们方方面面的支持和关爱；山西师范大学文学院民俗学专业和比较文学与世界文学专业的研究生白宁、王静、卓琳、李欣静、闫慧芳、李娜、岳文凯、牛靖晶、李佳、王存弟、黄金龙、薛圆媛、杨海玉、崔楠等同学在前期做了大量的资料搜集和初步研究工作。在此，我们一并向他们表示真挚的感谢！因水平和能力所限，本丛书的不足和疏漏之处也在所难免，希望得到广大专家和读者的批评指正。

亢西民

2019年10月于尧都平阳

# 目录

导言:"史前三圣"之大禹 …………………………001

## 一 神话传说

(一)禹的诞生 …………………………………011
　　鲧窃息壤 …………………………………013
　　鲧腹生禹 …………………………………015
　　雨师附身 …………………………………018
(二)治水神话 …………………………………020
　　以疏代堵 …………………………………020
　　伏羲相助 …………………………………021
　　石开得子 …………………………………022
　　化身黑猪 …………………………………023
　　禹劈龙门 …………………………………024

禹女献策 …………………………………… 026
　　夜访渔妇 …………………………………… 027
（三）大禹舍家为民 …………………………… 030
　　大禹成婚 …………………………………… 030
　　三过家门而不入 …………………………… 031
（四）大禹治国平天下 ………………………… 034
　　击杀防风氏 ………………………………… 034
　　禹杀共工 …………………………………… 035
　　禹王锁蛟 …………………………………… 036
　　禹王勇斗巫支祁 …………………………… 038
　　禹封巨灵神 ………………………………… 040
　　禹治天下诸河 ……………………………… 042
　　大禹育稻 …………………………………… 043
　　大禹和水酉 ………………………………… 044

## 二　民俗与信仰

（一）历代的大禹祭祀仪式 …………………… 051
（二）大禹祭祀仪式的多维呈现 ……………… 055
　　会稽禹祭 …………………………………… 055
　　祭禹攘灾 …………………………………… 057
　　诗祭 ………………………………………… 059
（三）大禹祭祀仪式的当代传承 ……………… 061

## 三 文献与古迹

（一）文献记载 ·················································· 067
  鲧的身份 ················································ 068
  鲧治水 ·················································· 069
  鲧之死 ·················································· 071
  禹出生地及出生方式 ······································ 075
  禹的婚姻 ················································ 077
  大禹治水 ················································ 078
  大禹治国平天下 ·········································· 080
  禹杀共工 ················································ 084
  大禹锁蛟 ················································ 085
（二）古迹 ······················································ 089
  大禹传说与地域认同 ······································ 089
  大禹遗迹与历史记忆 ······································ 104

## 四 文化内涵

（一）原始生命观 ················································ 113
（二）民族精神象征 ·············································· 115
（三）防灾经验 ·················································· 120

参考文献 ························································ 123

# 导言:"史前三圣"之大禹

大禹治水神话①是中国最具标志性与影响力的洪水神话。"治水"是大禹神话的核心母题。围绕着大禹治水神话产生的情节单元包括:禹的诞生、治水神话、禹杀共工、禹杀相柳、禹锁巫支祈、禹征三苗、禹伐有扈等。大禹治水神话所体现的大禹精神,是我们中华民族精神的重要组成部分,是中华民族精神力量的源泉。

有关大禹诞生的传说,说法众多,有"鲧腹生禹"说、"禹生于石"说、"禹母吞薏苡"说等。从文化人类学角度解析,大禹诞生传说体现了族群起源的神圣性,传说中出现的"石头""薏苡",反映了原始人对石头的崇拜,以及对植物的崇拜。华夏民族的起源具有神秘性,大禹及儿子启出生的不平凡,铸就了伟大的中华民族。

禹受舜命,接替天子之位,十七年以后,舜在南巡的途中逝世。

---

① 神话、传说与故事没有绝对的界限,关于大禹治水,有视为神话者、有视为传说、故事者。这里不做严格区分,视表述语境而定。

三年治丧期结束后，禹将帝位让给舜的儿子商均，自己避居到夏地的一个小邑——阳城，但诸侯们依旧朝见禹王，共商国事。不久之后，禹正式继承王位，以安邑（今山西夏县）为都城，国号夏，分封商均于虞，分封丹朱于唐，改定历日称为夏历。禹收取天下的铜，铸成九鼎，象征着天下共主。禹在治水过程中的功勋卓著，能力超凡，从而提升了他在部落中的威信。禹在位十年，勤勤恳恳，一心为民。禹去世后，禹的儿子启即位，从此世袭制取代禅让制，"公天下"变为"家天下"。

尧舜禹①

据说禹认为自己的儿子启没有统治天下的能力，故传位给伯益。《战国策·燕策一》载："禹授益而以启为吏。及老，而以启

---

① 孙晓琴、王红旗编著《天地人鬼神图鉴》，中国对外翻译出版公司，1997，第247页。

为不足任天下，传之益也。启与支党攻益而夺之天下。"①也有说法认为伯益即位不得臣民认可，启遂即之。《越绝书·吴内传》载："益与禹臣于舜，舜传之禹，荐益而封之百里。禹崩，启立，晓知王事，达于君臣之义。"②启作为奴隶社会的开创者，建立了第一个华夏民族大一统的奴隶制国家。同时，启对大禹的祭祀，开辟了祭禹的先河。

大禹治水，三过家门而不入，他不顾自身安危，一生都在为百姓谋福祉，是时代的英雄。大禹在治理水患的同时，走遍山川，划定九州。据文献记载，大禹划分九州之后，将安邑作为统治中心。此时的地域关系开始形成，官僚系统也逐渐走向成熟。大禹凭借自身的能力以及在民众中的威望，成为部落联盟的首领，继承了舜帝之位。大禹继位之后，进行了一系列的政治活动，如：征三苗、划九州、合诸侯、击杀防风氏，"挑战古老的氏族制度，使国家的出现成为一种不可阻挡的历史趋势，促进了中国国家的形成"③。

除此之外，大禹对农业及金属器具的发展也做出重要的贡献。大禹在治水的过程中，十分注重水上运输，同时还引导百姓发展农业，鼓励大家重新筑造自己的家园。史书中记载，在洪水退去后，平原开始慢慢地显露出来，大禹带领人们修沟渠，引水灌溉，种

---

① 刘向编集《战国策》，贺伟、侯仰军点校，齐鲁书社，2005，第333页。
② 袁康：《越绝书》，商务印书馆，1937，第19页。
③ 李岩：《大禹治水与中国国家起源》，《学术论坛》2011年第10期。

植粟、黍、豆、麻等农作物,还带领百姓在地势低洼的地方种植水稻。大禹在治水时所使用的工具,一方面提高了工作效率,另一方面使得当时的生产力水平得以提升。从出土的文物来看,夏代已有石斧、石镰、石刀、石铲,以及各种蚌器和骨器,还有铜镞、铜锥、铜凿等红铜器及青铜器,这些出土的文物,可以充分证明夏代已进入"铜石并用"时期,也为夏"铸九鼎"的传说提供了依据。①

学界在有关"禹步"②起源的问题上存在着争议。有跛足说、舞蹈说、巫术说等几种说法。《洞神八帝元变经·禹步致灵第四》对"禹步"有详细记载:

禹步者,盖是夏禹所为术,召役神灵之行步。此为万术之根源,玄机之要旨。昔大禹治水,不可预测高深,故设黑矩重望,以程其事。或有伏泉磐石,非眼所及者,必召海若河宗山神地祇问以决之。然届与海之滨,见鸟禁咒,能令大石翻动。此鸟禁时,常作是步。禹遂模写其行,令之入术。自兹以还,无术不验。因禹

---

① 李岩:《大禹治水与中国国家起源》,《学术论坛》2011年第10期。
② 有研究者认为,"步"在上古社会是一种禳除灾害的祀典仪式,而禹与这种"步"发生联系又同禹的山川神主特殊身份密切有关。春秋战国之际的巫师阶层根据民间的实际情况和需求,对由大禹所创制的"步"祭进行改造,使之成为具有巫术功能的一套步法。后来兴起的道教又在此基础上对"禹步"加以吸收,特别是在"步法"层面上求变化,导致后世道教"禹步"的复杂性。具体参见夏德靠《"禹步"起源及其嬗变》,《四川师范大学学报》(社会科学版) 2010年第6期。

制作,故曰禹步。①

相传禹死后,葬于会稽山。《墨子·节葬下》载:

> 禹东教乎九夷,道死,葬于会稽之山。衣衾三领,桐棺三寸,葛以缄之。绞之不合,通之不埳。土地之深,下毋及泉,上毋通臭。既葬,收余壤其上垄,若参耕之亩,则止矣。②

《淮南子·齐俗训》则载:

> 古者非不能陈钟鼓、盛管箫、扬干戚、奋羽旄,以为费财乱政,制乐足以合欢宣意而已,喜不羡于音。非不能竭国麋民,虚府殚财,含珠鳞施,纶组节束,追送死也,以为穷民绝业,而无益于槁骨腐肉也,故葬埋足以收敛盖藏而已。昔舜葬苍梧,市不变其肆。禹葬会稽之山,农不易其亩。明乎死生之分,通乎侈俭之适者也。乱国则不然,言与行相悖,情与貌相反;礼饰以烦,乐优以淫;崇死以害生,久丧以招行;是以风俗浊于世,而诽誉萌于朝,是故圣人废而不用也。义者循理而行宜也,礼者体情制文者也,

---

① 钟利戡、王清贵辑编;中国人民政治协商会议绵阳市委员会等编《大禹史料汇集》,巴蜀书社,1991,第197页。
② 毕沅校注《墨子》,吴旭民校点,上海古籍出版社,2014,第99页。

义者宜也，礼者体也①。

　　大禹作为中国历史上最古老的神话人物之一，其功勋之卓著，为世人所敬仰，成为中华民族的精神典范和情感根基。人们通过对大禹的种种祭祀仪式实际上是在强化自身民族文化的认同感。以山西龙门为例：每年到特定的日子，龙门村村委会便号召村民举办多种祭祀大禹的活动。至今，龙门村还流传着大禹治水、鲤鱼跃龙门的传说故事，甚至将此段故事融入当地特有的民间曲艺——干板腔②中。

　　有关大禹的民间信仰有非常悠久的历史。"大禹信仰最主要的空间外化形态就是祠庙，因此大禹祠庙是一种非常显在的神话景观。"③从中国现存禹庙分布情况来看，北方主要有山西、陕西、河南、山东等地，南方则主要分布在四川、浙江、江苏、湖南、湖北等地；从河流流域来看，北方多以黄河流域为中心，南方则分布在长江流域沿岸。中国各地的大禹祠庙，多数情况并不只是单一地供奉大禹的神像，往往会形成和大禹相关的风物，形成许多和大禹治水神话有关的风物传说。"神话和传说在这个过程中

---

① 刘安撰《淮南子》，陈静注译，中州古籍出版社，2010，第173页。
② 干板腔是一种发端于民谣的地方曲艺形式，分布区域主要在晋南河津市的北坡一带。因其简单质朴的台词、朗朗上口的节奏及通俗易懂的表说内容而深受当地群众的喜爱，成为节日庆祝、思想宣传、伦理价值观普及的文化媒介之一。
③ 张多：《灾害的神话表征——"大禹治水"的景观分布及减灾表述》，《民俗研究》2018年第6期。

交替转化,形成了流动的叙事边界。"

秦汉以来,中国士子都深信大禹及其事迹真实存在。晚清时期,疑古思潮出现,学者们对大禹治水的神话传说提出疑问。近代以顾颉刚为首的古史辨派,从史学角度研究大禹,认为大禹是神话中的人物,实际上并不存在[1]。大禹治水神话作为一种长期积累的民间话语,其核心意义是神话信仰的当代实践。有研究者提出,以"朝向当下"的眼光,考察大禹治水神话在当今社会以何种面目存在,对当代社会有何意义[2],确是一条有别于历时溯源研究的路径。

---

[1] 参见顾颉刚编《古史辨》,上海古籍出版社,1982。
[2] 张多:《灾害的神话表征——"大禹治水"的景观分布及减灾表述》,《民俗研究》2018年第6期。

# 一

## 神 话 传 说

## （一）禹的诞生

大禹治水神话传说，在我国可以说是家喻户晓、耳熟能详。其故事情节，主要包含大禹的诞生、大禹治理水患、大禹舍家为民、大禹平定天下、大禹治理国家、大禹治水的办法之源起等。

大禹治水神话传说中关于禹的诞生与启的出生，都带有神圣性，这是一种族群起源神圣性的体现。"神话是文化的有机成分，它以象征的叙述故事的形式表达着一个民族或一种文化的基本价值观。"[①]

关于禹的出生有一种"与真实性或现实主义不完全相符的传统化或程式化"[②]的情节：鲧触怒天帝，被处死于羽郊，尸体三年不腐，肚子一天天鼓起来。这时，天帝终于无法忽视，他派遣天

---

[①] 叶舒宪编选《神话—原型批评》，陕西师范大学出版总社有限公司，2011，第8页。
[②] 同上，第9页。

神携带吴刀剖开他的肚子。谁知从鲧的肚子里飞出一条虬龙,升上天空,鲧的儿子大禹就这样出生了。大禹离去后,鲧的尸体就化为黄龙或鳖或熊,沉入羽渊。男人怎么能生孩子呢?鲧腹生子的故事看似不可思议。对于这种现象,学界提出的"习俗产翁制"认为,"在氏族社会,生育孩子、繁衍后代是人类生存、族群发展的头等大事,谁在生育繁衍上起作用,谁就理所当然地掌权。在母系氏族阶段,人们只知其母,不知其父,只当生儿育女是妇女的特有功能,所以母权显赫。随着历史的推移,人类社会进入父系氏族阶段,生育行为成为母权抗击父权的手段之一,而男人则采取'产翁'来化解她们的这种对抗。《山海经·海内经》有'鲧腹生禹'[1]的记载,据神话学家袁珂考证,是指禹是从鲧的肚子里孕育化生出来,带有父权制氏族社会男人乔装生子的风俗的痕迹。"所以也有人说,这是一种神化了的"产翁"制,而鲧禹时代,正是我国由母系社会向父系社会的转变时期[2]。

对于禹的出生,历来存有争议。除鲧腹生子外,更多是禹母生子。但禹母怀孕的过程不同寻常,或"吞珠孕禹",或"吞神珠如薏苡,胸坼生禹"。而不论是哪一种出生方法,都有异于寻常人,学界将此类神话归为感生神话。这类神话与族群起源神话一般,都表明大禹及其后代起源与存在的神圣性。女修感意念而生大禹,大禹知其母不知其父,这在一定程度上反映了"当时的

---

[1] 方韬译注《山海经》,中华书局,2016,第354页。
[2] 完颜绍元编著《中国风俗之谜》,上海辞书出版社,2002,第213~214。

社会背景,即当时人们只能够确认母亲而不知道父亲,属于原始的母系氏族阶段,在婚姻形式上属于原始群婚制"①。

有关大禹的诞生,民间流传很多版本,根据所述内容,本书将其分为六种:

### 鲧窃息壤

相传颛顼与共工大战,共工战败后,潜入水潭之中,直到尧帝时期,共工从水潭中出来,搅动大河,导致洪水暴发,百姓苦不堪言。

尧帝见状,心急如焚,于是召集群臣,商量应对之策,希望大臣可以推选出一名治水之人。大臣一致推举鲧来治水,而尧帝觉得鲧刚愎自用,不适合担任此职,一时间又再找不到合适的人选,只好采纳群臣的意见,让鲧先去尝试。

鲧是黄帝的孙子,接到尧的命令后,巫师大明为鲧占卜。大明说:"这是一个凶兆,有开始,却没有结局。"虽说占卜的结果不吉利,但是鲧依然接受了命令,前去治水。鲧到达水患之地后,考察地形,最终决定修建河堤,以此来阻挡汤汤洪水。可是,洪水太大,河堤根本没办法起到阻挡的作用。一连九年,鲧治水无果,他为此事每日吃不下,睡不着。有一天,猫头鹰和乌龟给他

---

① 汤夺先、张莉曼:《"大禹治水"文化内涵的人类学解析》,《中南民族大学学报》(人文社会科学版)2011年第3期。

出主意,说:"天庭有一块特别的土壤,叫'息壤'。它能够自动生长。只要一小块,投入水中,息壤就会自行长大,从而阻挡洪水。"鲧听后,心里十分高兴。他想:"如果我去借的话,天帝不一定会给我,不如把它给偷出来。"于是,他悄悄来到天庭,趁天帝不注意,把息壤偷了出来。

鲧拿到息壤后,迅速赶回来,他将息壤投进汹涌的洪水中,只见息壤落下的地方快速长出一块土地,慢慢地越来越大,越来越高,直到长成一座高山,堵住了河道。洪水慢慢消退,人们又可以返回自己的家园生活。

天帝知道息壤被盗后很生气,于是他派火神祝融到人间逮捕鲧,并将鲧处死在羽山。天帝收回息壤后,洪水再次暴发,直到舜即位。

鲧被杀死之后,尸体一直没有腐烂,天帝怕鲧复活,就派人用刀划开他的肚子。然而鲧的肚子里却飞出一条龙,直冲云霄,这条龙就是鲧的儿子禹。鲧的尸体化为一只三条腿的鳖,潜入羽山下的深渊。①

---

① 袁珂校注《山海经校注》,巴蜀书社,1993,第536页。为了便于读者阅读,此处仅标识原文出处。原文为:鲧窃帝之息壤,以堙洪水,不待帝命。帝令祝融杀鲧于羽郊。鲧复(腹)生禹。帝乃命禹卒布土以定九州。

## 鲧腹生禹

远古时期，大地一片苍茫，猛兽横行，百姓苦不堪言。洪水到来以后，比猛兽还凶狠，淹没了房屋、村庄，到处都是人畜尸体。人们为了躲避这场灾难，有的逃到高山避居洞穴；有的栖居在大树上；有的背井离乡到其他地方定居。当天冷的时候，人们不但要忍饥挨饿，还得抵御严寒，天热了，又容易发疫病。人类开始大批大批地死亡。

洪水令百姓困苦不堪，纷纷推举鲧来治理洪水，尧帝听取百官的意见，最终派鲧去治理水患。

鲧治理洪水已有九年的时间，他东堵一道坝，西筑一道堤，但是水势太大，导致坝毁堤塌，天下百姓依旧生活在水深火热之中。尧帝非常着急，下令征召贤德之人来治水。这时，百姓又推举舜，想让他来继续治理洪水。舜接受了尧的命令，亲自驾着马车，四处巡视、考察，发现鲧的治水方式无效后，就将鲧杀死在东海边的羽山山顶。

鲧倒在羽山顶后，从羽山上发出轰隆隆的响声，声音震醒了鳌鱼。鳌鱼本是背负着大地，听到这一声巨响之后，受到惊吓，身体颤动了一下，霎时间，大地震动，海浪不停地拍击着海面，风雨大作。一连九天九夜，雨水不断，洪水淹没了大片土地，百姓苦不堪言。羽山也被淹了大半，洪水久久不退，羽山变成了一个小岛。

月亮圆了三十六回,大地上的洪水才退去。此时的大地一片泥泞,寸草不生。羽山顶却是绿茵茵的一片,映衬着蓝天白云,很是好看。

有一天,牧童骑着水牛,来到羽山脚下,看到山上的绿草地后,心里很是欢喜,觉得今天可以让水牛饱餐一顿。于是,他高兴地往山顶爬去。到了山顶后,发现草丛中有个东西,近前一看,竟是一具尸体,再仔细一看,发现尸体完好无损,还没有腐烂,觉得很惊奇,心想:"舜杀鲧于羽山,已有三年之久,鲧尸体不但没腐烂,气色居然还这么好,难道是有神灵庇佑?这肚子鼓鼓的,像个孕妇,到底是怎么回事?难道他治水没成功,被气成这样?"

牧童想得很入神,不由得对尸体说道:"鲧呀,你生气吗?"尸体没应声。

"鲧呀,你恨杀你的人吗?"尸体仍然没回应。"唉,你咋不理我?"

"父已逝,子要生。"尸体腹部突然回话。

"哎哟,怎么真说话了,吓死我了,你是谁呀?"

"我是鲧的儿子。"

"你怎么会在他的肚子里?什么时候能出来?"

"我是父亲用一生心血孕育出来的,等月亮圆三十六回后才能出世"。

"那现在月亮圆了多少回了?"

"三十六回了。"

"那你怎么还不出来？"

"我只有见刀才能出世，落地成人。"

"那我能帮你做什么？"

"你拿刀在我父亲的腹部，轻轻剐一下，我就能出来了。"

牧童听完，抽出一把柴刀，在石头上磨动几下之后，就往鲧的肚子上剐去。刚剐完，一个妇人气喘吁吁地跑上来，看到鲧的肚子被剖开，放声痛哭起来。她正准备蹲下来察看情况，突然，"噗"的一声，从鲧腹中蹦出来一个白白胖胖的男孩儿。妇人瞪大了眼，指着小孩，半天说不出话。小孩看到妇人，就跳到她怀中，笑着喊道："母亲，母亲，我终于看到你了。"

妇人回过神来，说道："孩子，你叫错人了。"

"不会的。"小孩反驳道，"你是父亲的妻子，我知道的。我是父亲用一生心血孕育出来的，你就是我母亲。"

"原来这就是鲧的妻子脩己娘娘啊！"牧童心里暗想。

"我也要像父亲一样，治理洪水。"小孩又说道。

脩己笑道："你还小，不急，等你长大再说吧。"小孩不高兴了，反驳道："我马上就长大了。"说完，他从脩己怀里挣脱出来，跳到地上。只见他脚一着地，就变成一个英俊帅气的小伙子。他张开双臂，仰天大吼道："天地啊，山川啊，生灵啊！我是鲧的儿子禹，我终于出世了，我要继承父亲的遗志，治理洪水！"呼喊声响彻天地。脩己看在眼里，心里却发愁，不由得问道："你要如何治水？"禹说："父亲的英灵告诉我，以后治水不能堵，要疏导。"脩己没想到丈夫会想到这样的方法，但也觉得可行，就对禹说："导确实比堵好，不过该堵的地方还是要堵。"

牧童听后，高兴极了，他深知洪水给人们带来的危害，便从牛背上扯下用金钱豹皮制成的坐垫，给禹围到身上。禹说道："谢谢你啦，你是个好人，又聪明又大胆，你将能驯服天下最暴躁的牛。"脩己在一旁很欣慰，但一触及丈夫的尸体，她再也忍不住，哭着扑倒在丈夫的尸体前，泪水滴到鲧的尸体上，又从尸体上流到地上。突然间，鲧的尸体发出一道金光，很快变成一条黄龙，向羽山脚下的深渊飞去。脩己愣愣地看着丈夫的尸体变成黄龙飞走，不知是吉是凶，又痛哭起来。牧童站在一旁，看到事情始末，惊呆了，回过头来，看到脩己娘娘还在哭泣，便劝慰道："你应该高兴啊，儿子已长大成人，丈夫又化龙飞去，可以说是双喜临门啊！"脩己听罢，转悲为喜，带着儿子走下山去。

这时，天空中出现七条彩虹，大家惊奇道："这是怎么回事？"再往上一看，原来是诸神在庆贺禹的诞生。

## 雨师附身

传说大禹曾是天上的雨师，他有一本雨簿，簿里记载着人间何时该下雨，下多少。有一天，雨师太累了，靠着南天门就睡着了。不料，雨簿被蛤蟆精看见，趁雨师睡着，修改了降雨时间与降雨量。人间雨水接连不断，导致洪水遍野，百姓苦不堪言。

玉帝得知此事后，要杀死雨师。太白金星在一旁劝道："雨师虽有过错，却是一时疏忽，哪料能犯下此等大罪，陛下且饶他一命。"玉帝考虑一会儿，就说："死罪可免，活罪难逃。若他当真意识到自己的过错，那便下界治水去吧。限期十二年，水患平息，方可回宫。"雨师应道："我甘愿受罚，但十二年时间太短，到下界投胎直至长大成人，最快也需十六年，这该如何？"玉帝说："你可借尸还魂。"雨师听罢，又问玉帝："除治水外，我还想治理天下。"玉帝不耐烦道："随你，我便再给你十二年的时间，叫你做一代帝王。"

雨师来到凡间，途经嵩山下的一个村落，听到从一户人家中传出阵阵哭声。他到窗前一看，有个老婆婆趴在床前，哭喊着："禹啊，你爹刚走，你又跟着走了，这可如何是好。"雨师心想，巧了，他也是"雨"，不如我附在他身上好了。原来这老婆婆的丈夫叫鲧，因治水无功，被皇帝赐死。鲧刚去世，他的儿子禹也死了。

老婆婆哭着哭着，却见儿子睁开了眼睛，还以为是幻觉。老婆婆揉了揉眼睛，看到儿子的眼睛还睁着，急忙将儿子抱到怀里。老婆婆又惊又喜，问儿子怎么回事。禹说："玉帝见我爹治水无功，于是命我继续治水，拯救天下百姓。"后来，禹经过千辛万苦，最终治水成功。①

---

① 流传于中岳嵩山地区的神话传说。亦见于《中国民间故事集成》全国编辑委员会，《中国民间故事集成·河南卷》编辑委员会：《中国民间故事集成·河南卷》，中国 ISBN 中心，2001，第 49 页。

## （二）治水神话

### 以疏代堵

远古时期，洪水肆虐。随着陆地上人口的越来越多，林中的野兽野果却越来越少。人们考虑到，靠打猎生活毕竟不是长久之计，要想不挨饿，还得种五谷。可是放眼望去，一片汪洋，哪有地方可以种植五谷，而要想种五谷，得先把洪水"赶走"。舜作为天下首领，也为此发愁，四方之臣商议派遣鲧前去治水。

鲧当时是一个部族首领，很有才能，对于舜派他治水之事，也很有信心，他决心运用"水来土掩"的老办法。结果费了好大的力气，一年四季忙着堵水，却越堵越大，百姓刚种的五谷很快又被冲走。鲧治水用了好多年，劳民伤财，舜一气之下就杀了他。

舜又派遣鲧的儿子禹代父治水，威胁他治不住水要杀头。禹是一个年轻人，不懂治水，只得去问母亲。禹母是个聪明人，她很快找出丈夫治水失败的原因，就对儿子说："你父亲治水，力没少出,汗也没少流,却治水失败,我猜测定是他的治水方法有误。水本身抓不住,是散的,一味地堵肯定不行,倒不如疏散它,让它尽情流淌。现在发生洪水,可能是河道太窄,你不如用石头,填高西北一头,让其向东南流去"。禹听罢,觉得母亲说得有理,就带人照此法治水,果然奏效了。天下江水原本四处横流,禹疏通河道后,又都呈东南流向,地面露了出来,洪水终于平息了。

**伏羲相助**

虞舜代尧摄政,他推举大禹前往治水。接受了治水的命令,大禹就赶到了黄河边。洪水滔天,四处漫流,大禹也不知该如何治水,每天对着大水忧愁。一天,大禹正站在河岸边思索,就见河岸边跳出个人,仔细一看,却是人头鱼身。那怪物甩着尾巴,来到大禹身边,说自己是河伯,是来帮助大禹治水的。说着,献上一块青石。大禹拿起青石仔细端详后,高兴地跳了起来,嘴里直嘀咕说:"好办了,好办了。"

原来,那青石不是普通的石头,上面画满了纹路。大禹仔细研究发现,这不正是河道吗?

后来,大禹凿龙门时,挖到一个山洞,从外向里看,黑乎乎的,大禹点了火把,就往里走,洞里竟有一条十丈多长的黑蛇。黑蛇头上长角,嘴里叼着夜明珠,开始给大禹带路。走了一会儿,来到一片开阔的平地。平地上还有一处宫殿,进入殿内,两旁站立着好多黑衣人,中间拥立着一名人首蛇身的首领。大禹认出这是伏羲,恭身下拜。

原来伏羲小时候也遇到过发洪水,听说大禹在治水,就想要帮助大禹。说着,伏羲从怀中掏出一块玉简,玉简长一尺二寸,可以丈量天地,被称为天尺。大禹很高兴,有了这把天尺,就能测量山河,从而确定河流的走向。

## 石开得子

大禹每天开山凿石,顾不上回家吃饭,就叫妻子涂山娇给他送饭。为了不让妻子知道自己变黑熊的事,就跟妻子约定听到鼓声就把饭送去。涂山氏就按他的嘱咐,每天一听到鼓声,就撑着木筏子去送饭。

有一天,大禹在山坡上行走,不留心踩动了几个大石头蛋儿,正好滚落到鼓面上,发出"咚咚"的响声。涂山娇听到鼓声,心里纳闷:今儿个丈夫为啥这么早就敲鼓?八成是太累了,饿得快。想着就赶忙把饭做好往山里送。

涂山娇撑着木筏子来到山坡前,谁知左等右等不见丈夫过来吃饭。她听到凿石声,就顺着声音去找,老远就看见一只大黑熊正在凿石开山。涂山娇大吃一惊,心想:自己的丈夫咋是一只大黑熊啊,平时自己咋就没发现呢?一时间,她不知道咋办才好,就拐回来,跳上木筏子往回撑。她越想越羞越气,撑到家门口,跳下木筏子，没走几步，直觉心里一阵难受，往那儿一站，忽地变成了一块大石头。

再说大禹，天到晌午敲起鼓来，敲敲等等，等等敲敲，咋也不见妻子来送饭。他想：是不是家里出啥事啦？就慌忙往家走。到家一看，里里外外不见妻子的影儿。这才发现门前多了一块大石头；又一看，石头旁边有个饭篮子。大禹这才明白：妻子变成石头啦！他很后悔不该把自己变黑熊的事瞒着妻子。这时，他猛然想起，妻子已经怀孕好久了，就该生了，这可咋办？没有儿子，将来谁接替我治水呢？想到这儿，他就大声喊："孩子他娘啊！你就这样离开我吗？你把孩子交给我啊！"喊声刚落，只听"轰隆"一声，石头裂开了，从里面跳出个白胖小子。

因为这孩子是石头裂开降生的，大禹就给他起名叫"启"，后来人们就把这块石头叫"启母石"。[1]

## 化身黑猪

大禹治水那时候，三门峡一带是个湖。当时有"张店塬开船，魏德岭揽船"的说法。张店塬位于山西，魏德岭位于河南，是当时的两个大码头。大禹治水到此地，想在山上开个大豁口，再在下面开条河，叫湖水顺着河走。

---

[1]《中国民间故事集成》全国编辑委员会，《中国民间故事集成·河南卷》编辑委员会：《中国民间故事集成·河南卷》，中国ISBN中心，2001，第52页。

大禹要去劈山开河了，临走对娘娘①说："等河开好了，水都流走了，再给我送饭。"

大禹把山劈开后，就变个黑猪拱河，湖水顺着河道往东流。娘娘见水下去了，天也不早了，就去送饭。到地方一看，不见人，光看见个黑猪在拱河，吓坏了，就吆喝："黑猪在拱河哩！黑猪在拱河哩！"

大禹一听见娘娘在吆喝，知道是让她看见了原形，气得一巴掌把娘娘的头打掉了，滚到了河当中。

三门峡的河里以前有神门、人门和鬼门。人门中间插着一块大石头，那就是娘娘的头。娘娘的身子在山西那边儿站着，变成一座山，人称"娘娘山"，又叫"梳妆台"。娘娘送的饭是米汤，也让大禹打翻，流到沟里，河北面就有个地方叫"米汤沟"。②

## 禹劈龙门

大禹治水治了几年，还没把水治下去，心里难受。他日夜在想治水的办法，可一直没有想出个头绪来。

这天，大禹站在一座山上，望着山南的洪水正在发愁，忽听

---

① 指大禹的妻子。
② 《中国民间故事集成》全国编辑委员会，《中国民间故事集成·河南卷》编辑委员会：《中国民间故事集成·河南卷》，中国ISBN中心，2001，第50~51页。

不远有人高唱："打开龙门口①啊，旱坏那吕梁江②哪！"大禹转脸一看，是个砍柴的老头儿在唱，赶紧来到老人跟前，恭恭敬敬地作了个揖："请问大伯，您唱的这两句歌是啥意思啊？"砍柴老头儿摘下草帽扇着风说："我是笑大禹没能耐，他治水治了好些年遭儿③，治来治去，这里还是老样子。"大禹一听，又问："请问老伯，依你看这洪水该咋个治呢？"砍柴老头儿捋着胡子说："依我看，只有疏导，才是好办法。要是能把这座山打开，我就不信洪水不退。可惜我年事已高，能说不能行，帮不了别人啥忙了。"砍柴老头儿说完，化成一阵清风不见了。

砍柴老头儿不见了，地上留下一把大斧子。大禹看着这座山，动了气："要不是你挡住水，百姓们咋会惹大的灾难？我恨不得一下把你劈成两半！"说罢，抡起那把大斧子，使劲儿劈了下去。只听"轰隆"一声，大山一下被劈成两半，洪水顺着山口向东北流去。这座山就是现在洛阳南郊的龙门山，被劈开的山口就是现在的龙门。④

---

① 龙门口：指现在洛阳市南郊龙门，即伊阙。
② 吕梁江：在禹州市境内，现已干涸。
③ 年遭儿：年月。
④ 《中国民间故事集成》全国编辑委员会，《中国民间故事集成·河南卷》编辑委员会：《中国民间故事集成·河南卷》，中国 ISBN 中心，2001，第50页。

## 禹女献策

大禹的女儿刚满三岁,他就出门治水,整整十三年都没回家。

有一天,禹的女儿在门前远望,就看见一位身穿长袍的人向她飞来。禹女以为是父亲禹,惊喜地喊道:"母亲,父亲回来了。"母亲闻声赶来,哪有大禹,却只见一只丹顶鹤向自家飞来。禹妻忙问:"仙鹤,你怎么来了,莫非能带我女儿找我丈夫?"话音刚落,仙鹤就乖顺地趴卧在禹的女儿面前。禹女高兴坏了,连忙爬到仙鹤背上,紧紧抓住鹤毛。仙鹤起身,向天空飞去,不知飞了多久,仙鹤突然停了下来。仙鹤所停的位置正是龙门山,大禹正带领百姓凿山挖石,旁边放着用坏的工具。只见大禹抡起石斧,向龙山凿去,只听"咣当"一声,石斧裂开,岩石上却只留下一道白线丝。禹女站在山顶,看着父亲懊恼的神情,也发愁了。她抓抓自己柔顺的头发,忽然想起,自己梳头时自上而下的方法,何不顺着这白线丝击破顽石呢?她将自己的想法告诉父亲,大禹对着白线丝砸去,只听"咯嘣"一声,岩石裂开。众人也顺着白线丝抡去,果然斧落石裂。大家纷纷夸赞禹女。

禹女献策有功,受众人赞美。赞美之声不知怎的传到龙门山上的天姑耳中,天姑们派遣神灵将禹女接到"莲花洞"里。风姑将莲花洞边三尺见方的青石板吹得干干净净,为禹女做梳妆台;石姑在台上为禹女打石坑,作为禹女的洗脸盆;泉姑为禹女送来清澈的泉水;金姑紧随其后,将金子渡在一块滑溜的褐石上,令石头日夜闪亮,作为禹女梳妆的镜子。

众人都回来后,大禹召集臣民,商议凿山大计。随后,大禹率领臣民日夜凿山,没过多久,龙门山终于被拦腰斩断,黄河水冲出石门。从此,黄河沿岸百姓得以安居乐业。①

## 夜访渔妇

远古时期,太原一带是一片一望无际的大湖,就叫晋阳湖。有一天,禹王坐船游湖,游到晋阳湖湖心时,突然闻到一股泥土味,往湖里看,居然看到湖水泛黄。禹王心想:"这可怪了,也没下雨,湖水怎么会泛黄呢?"于是,命令船夫停船,吩咐随从去看看什么情况。随从下水,只看见湖底全是黄黄的泥土,随即捞上来一些。禹王一看,竟是泥土,隐隐还能闻到一股沃土香,他当即哈哈大笑,自言自语道:"没想到,晋阳湖底竟是一片沃土。"随后,他吩咐船夫将船靠岸。回到江南,禹王召集了八百名壮男壮女,准备到晋阳湖治水。老百姓一听禹王要治晋阳湖水,都不赞同。一些人还说晋阳湖是大海,水又深,周围地势险峻,想治晋阳湖水,比登天还难。禹王听了,不以为然,说道:"天下无难事,只要大家齐心协力干活,就能治晋阳湖水,让那儿变成一片田野,我们就可以迁到那儿去种田。"说完,就带领八百名壮男壮女,前往晋阳湖治水。

---

① 《中国民间故事集成》全国编辑委员会,《中国民间故事集成·河南卷》编辑委员会:《中国民间故事集成·河南卷》,中国ISBN中心,2001,第50页。

禹王到达晋阳湖时,恰逢雨天,指头大的雨点,打得湖水四溅。禹王站在船头,开始犯难,心想:"湖水本就不好治,现在又下这么大的雨,这可怎么办?"一连好几天,禹王都没想出个治水的方法。

　　一天夜里,禹王为治水发愁,心烦睡不着,乘船来到湖心,看见远处竟有火光。禹王心想:深夜,这湖上哪来的火光?于是,吩咐船夫把船摇过去。近前一看,原来是只小渔船,船身左摇右摆,看样子就快要沉没了,禹赶快吩咐船夫上前搭救。大船一靠过去,船夫就把缆绳拴到小船尾。禹王一步跨到小船上,看见一个妇人在船头,就喊道:"大嫂子,快过来,你的船要沉了。"妇人好像没听见,手里还在不停地撒网。小船颠簸得不行,禹王又喊道:"大嫂子,渔船快要沉了,快上大船来,别撒网了。"妇人手里撒着网,回头对禹王笑道:"不怕,这点小风浪,船沉不了。"禹王心想:我治了二十多年的水,还从没听说过小船在大浪中不沉的呢。就又问道:"大嫂子,你怎么在黑夜里打鱼?"妇人道:"白天,晋阳湖里没鱼,晚上,才有鱼,现在不打,等到什么时候打!"禹王又问:"这么大的风浪,能打着鱼吗?"妇人回道:"风平浪静的时候打不到鱼,有风浪的时候,才能打着鱼。咱这渔船就怕没风浪,有了风浪,才算平安。"

　　禹王心里一阵疑惑,又四处看了看,说道:"大嫂子,这湖上也没其他打鱼的,你怎么出来打鱼?"妇人回道:"晋阳湖上就我这一条渔船。"禹王心想:妇人这般胆识,看来这不是一条普通的渔船。一会儿,妇人又开口说道:"你来这晋阳湖干什么?"

禹王说道："我想治晋阳湖水，把这儿变成一片沃土，可是现在还没想到办法。"妇人笑道："我倒是有个办法。"禹王忙问道："什么办法？"妇人笑笑，没说话。禹王暗想："难道是因为我没有款待她，所以不告诉我？"于是，连忙吩咐随从备下一桌便宴。妇人坐到桌边，从舱里拾起一块大石头，就砸向斟满酒的大杯子。杯子瞬间开了个口，酒全流到桌子上，妇人没说话，扭身就离开了。禹王还以为是自己行为不当，得罪了妇人，起身便追了出去。等到了舱外，哪儿还有妇人的影子，连之前的小渔船都消失得无影无踪。禹王心里很疑惑，回舱对着破了的酒杯发起呆来。天亮时，禹王突然明白了妇人的意思，高兴得召集随从回去。

第二天，禹王率领八百壮男壮女，坐船来到灵石一带。他吩咐随从将船撑到湖水尽头，一看是座石山挡住了湖水。随即，命令众人凿山，经过三年的努力，灵石山终于被打开了一个缺口。湖水哗哗地流向东海，八天八夜才流尽，空出一片肥沃的土地。随后，禹王与八百壮男壮女在这块土地上建立了家园，成为晋阳一带人的祖先。①

---

① 山西省民间文学研究会筹委会编《山西民间故事选》，山西人民出版社，1961，第109~113页。为了便于阅读，对原文中一些表述做了改动。特此说明。

## （三）大禹舍家为民

### 大禹成婚

因父亲鲧治水而亡，禹下定决心一定要治水成功，转眼间已经过了三十岁。禹很着急，便向天帝祈祷，希望天帝给予指示。一天，大禹在山头伫立，突然看到一只狐狸出现在不远处的原野上。因洪水泛滥，很多动物都随着人类一起离开了。大禹心生疑虑，心想："可能是我眼花了，这种地方怎么会有狐狸。"他眯着眼，仔细看了看，确实是狐狸。于是，立刻呼叫随从，近前观看。"原来是一只白色的九尾狐，真好看。"大禹对随从说道，"可是这里怎么会有狐狸呢？"大禹仔细思索，终于明白了其中的道理："白色，表明我现在是百姓；九条尾巴，预示着我是要当帝王的人。涂山曾经流传一首歌谣：'那白色的九尾狐狸呀，在原野奔跑。谁来到我家做宾客呀，他就将成为君主。他如果和我家结成婚姻，家道一定昌盛。'这是神给予我的指示吗？那我干脆去涂山走一趟吧。"于是,他来到涂山,和涂山氏的女儿女娇结为夫妻。新婚四天后,禹因治水未完成,离开家乡,继续治水。

## 三过家门而不入

大禹和涂山氏在台桑新婚后的第四天,就接到舜的命令前去治水,一去十三年,三过家门而不入。

第一次过家门是在早晨。还没到家门口,就听到母亲脩己的骂声:"父亲为治水,丧命在羽山;儿子也去治水,一去四年。父子俩没个聪明人。"忽然,听到小孩子的哭声,母亲又骂道:"三岁哭到老,有爹又像没爹。再哭,就去找你老子,省得我心烦。"不一会儿,屋里传来涂山氏哄孩子的声音。顿时,母亲骂得更凶了:"新婚四天,丈夫离开,一去四年,不找也不寻。说是新媳妇,还不是在守活寡?"屋里没了声响,好半天只听得一声长长的叹气声。禹本想进去,看看母亲,答个话,又怕再惹母亲烦恼,想着治水还没成功,怎能为此耽搁时辰,只得转身离去。

第二次过家门是在中午。昨天晚上,突然就很想家。天不亮,饭也没吃,就骑马动身往家赶。中午辰光,登上家附近的小丘。大禹勒住高头大马,往家里看去,一眼就看见他家烟囱,白烟直往上冒。大禹急切的心情瞬间平息,耳边不时响起鸡鸣声、猪打呼噜声。背井离乡,一晃已过去六七年了,大禹暗暗感叹。

这时,屋里传来母亲脩己的笑声,又听得母亲问道:"孙儿呀,要是你爹回来,他不认识你,怎么办呀?"只听儿子稚嫩的声音:"要不认识我,我就打他。""为什么要打他呢?"只听得妻子温柔的声音响起:"哼,连自己的亲儿子都不认识,不该打吗?""好孩子,这脾气像奶奶,奶奶喜欢。"不一会儿,不知说了什么,屋里传来一片笑声。大禹听后,很高兴,寻思着:上次过家门口,只听得母亲的骂声、儿子的哭声、妻子的叹气声,现在家里一片欢声笑语,我还是不进去了。想着,就勒紧缰绳,调转马头,往治水工地奔去。

第三次路过家门是在傍晚,那已是大禹离家后的多年。这几年间,由于治水工程十分紧张,大禹从没回过家,这次办事离家门不远,大禹本想回家看看。只可惜天公不作美,中午的时候,乌云密布,雷声隆隆,不一会儿就下起了大雨。大禹回家心切,顾不得这些,终于在傍晚时分赶到家门口。站在家门口,心里既欢快又心酸:唉,离家这么多年,终于回来了,不知道家里好不好。大禹从门口往里看,就看到有一个八九岁的小男孩站在屋檐下,正用小锄头梳通屋前的水沟。大禹忍着激动,刚要说话,就听小孩问道:"大伯,你是谁呀,见过我爹爹吗?"大禹目不转睛地看着小孩,故意问:"你爹是谁啊?""大禹嘛,你要是认识他,麻烦给他捎个信,让他回来看看,帮我治治家门口的水。"刚要回话,屋里传来母亲的声音:"你这小鬼头,乱说什么,你爹治天下水,正到要紧时刻,怎么能回来给你挖廊沿沟?"接着,又听妻子说道:"你奶奶说得对,等你爹治平洪水,就会回来啦。"

小孩抬头看了看大禹，说道："那大伯，你告诉我爹，让他治平洪水再回家。"大禹听了，心里很激动，对儿子说道："好，我会告诉你爹爹的。"说罢，转身上马，又离开了家门。

"三过家门而不入"的故事，流传至今，还有这样四句话：一过家门听骂声，二过家门闻笑声，三过家门捎口信，治好洪水转家门。①

---

① 史为昆主编《中国神话与民间故事大全集》，南海出版公司，2011，第116~117页。为了便于阅读，对原文中一些表述做了改动。特此说明。

# (四)大禹治国平天下

## 击杀防风氏

大禹治平地上洪水,来到会稽茅山开庆功会,各路治水的领头人陆续前来。到了开会的日子,只有防风氏没到。

防风氏曾与大禹的父亲一起治水,最终因治水方法有误,治水失败,鲧被砍了头,防风氏则侥幸逃脱。后来大禹治水,防风氏便跟随其左右。防风氏不愿随大禹开挖河道,告诉大禹说想去山涧筑坝拦洪。筑坝拦洪也是治水的一种方法,大禹心里虽不高兴,但也同意了。

防风氏带领众人在四明山筑坝,将四明山北坡的水全拦了起来。他以为大功告成,就头枕山巅,脚搁在坝上,呼呼地睡觉去了,不料睡着时,翻了个身,将脚边的大坝踢开,瞬间,洪水顺流而下,余姚百姓猝不及防,死伤惨重。等防风氏将大坝筑好,已是开会的第二天。防风氏懊懊丧丧来见大禹,交代了事情的始末。大禹知道后,非常生气,问身边人员,该如何处置。大家认为应该斩杀。

因为防风氏身材高大,跪在地上,执刑人的刀仍够不到他的头。于是大禹命人到会稽山西北面建造一个刑堂。堂中央设立高台,把防风氏的罪名公之于世。大禹命防风氏跪在刑台下,执刑人站在刑台上,防风氏的头被斩。大禹斩了防风氏,随后率领众人到余姚挖山导水,将洪水引入大海。①

## 禹杀共工

解决防风氏后,大禹面临的最重要问题就是共工。众神商议应该先驱逐共工,以断绝水患的根源。他们相继杀死共工的部下九头怪蛇相柳。相柳的血腥臭难闻,溅落的地方,常常寸草不生。大禹只得从别处取来好土,将溅到相柳血的土地掩埋,刚将血掩埋掉,地面突然塌陷下去。大禹只得再次挖土掩埋,一连三次,全部塌陷。大禹心想:相柳邪性太强,好土无法阻挡,得找正气挡一挡。想了想,觉得天地间正气最强的是天帝。于是,禹将塌陷的地方挖成一个大池塘,又在池边建了座祭台,用以祭祀天帝,以此来镇压相柳的邪气。

共工的部下浮游见大势已去,潜入淮河深渊,变成一头红色的熊。这只熊总是笑眯眯的,但凡遇到它的人,必遭大难。它常

---

① 钟伟今、欧阳习庸:《防风氏资料汇编》,黑龙江人民出版社,2013,第366页。为了便于阅读,对原文中一些表述做了改动。特此说明。

常穿堂过室,令整个城市陷入人心惶惶的境地。人们最怕它出现在堂屋里,据说,它一旦进入堂屋,国君就会死亡。①

## 禹王锁蛟

大禹治水时,有一对老夫妻居住在城北,他们无儿无女。有一天,洪水来临,老夫妻俩救起一个孩子,正巧两口子没孩子,就将这个孩子当作亲生孩子来抚养。这孩子聪明,却不喜欢学习,就喜欢在河水里玩耍。老夫妻俩担心孩子落水,便阻止他去水里玩,可孩子不乐意,老夫妻也没法,只得由着孩子。

腊月天的时候,大禹治水时经过河边,看见一个小孩儿在河里玩耍,身上却冒着热气。他寻思着这定不是常人,便派人跟紧小孩,暗地里观察他是哪家的孩子。

派去的人回来,将小孩家的住址告诉大禹。第二天,大禹寻着地址去了小孩家。站在门口,等了一会儿,敲门后,出来一老汉,不见小孩,大禹只得跟人说自己渴了,请求给碗水喝。屋里老婆婆急忙烧起水,大禹与老汉闲聊着。怕老人怀疑,大禹随口问道:"老哥,家里孩子多么?"老汉摇摇头,一脸遗憾,说:"无儿无女,倒是有个养子,却也不成器,每天只喜欢到河里玩耍。"

闲聊到中午,屋里老婆婆做起了饭,老汉就留大禹在家里吃

---

① 陈连山:《中国神话传说》,五洲传播出版社,2008,第116页。为了便于阅读,对原文中一些表述做了改动。特此说明。

饭。大禹敌不过老人的盛情邀请,刚准备吃饭,小孩回来了。小孩一看大禹,扭头就跑,神色间竟带了些慌张。大禹顺手从碗里捏起一根面条,一声呼喊,只见面条变成又长又粗的链子。大禹将链子向小孩甩去,哗啦一声,链子锁住了小孩的脖子。大禹吼道:"还不现原形!"话音刚落,小孩就变成了一条蛟龙,老汉一看,吓得浑身哆嗦。大禹说:"老人家,实话与你说,这蛟龙是怕我捉他,才躲到你家里来的。"大禹说罢,就将蛟龙压在一口八角琉璃井里。蛟龙见逃生无望,苦苦哀求:"我何时才能出来。"大禹说:"等石头开花那天,你就可以出来。"

不知过了多少年月,有个新上任的州官来到禹王锁蛟井[①],想看看井里的蛟龙,又怕头顶的纱帽掉下去,就将纱帽扣在井旁的石柱子上。井底的蛟龙看到石柱上有个花花绿绿的东西,以为是石柱开了花,急忙要窜出井面。井水忽然上涨,吓坏了官员,急忙取走纱帽跑了。蛟龙探出头,见石柱上的"花"没了,只得又回到井底。[②]

---

[①] 锁蛟井:在禹州市古钧台街。
[②]《中国民间故事集成》全国编辑委员会,《中国民间故事集成·河南卷》编辑委员会:《中国民间故事集成·河南卷》,中国ISBN中心,2001,第53~54页。为了便于阅读,对原文中一些表述做了改动。特此说明。

## 禹王勇斗巫支祈

有一次，大禹在中原地区桐柏山上发现一个怪物。那怪物形若猿猴，缩鼻高额，青躯白首，金目血牙。它的脖颈一伸有十来丈长，它的力气比九头象的力气还大，并且能窜会跳，走起来比飞还快。这就是淮河水怪——巫支祈。当地人们都说它是惯于兴风作浪、翻江倒海的蛟龙。巫支祈看见大禹前来，摇头摆尾，使尽平生力气，从井底"噗"一声喷出一股黑水，漫山遍野都是洪水。禹王并不害怕，手持耒锸冲向巫支祈。

巫支祈见洪水并不能阻挡禹王的脚步，不由得有些惊讶，又吐出一口黄水，一刹那飞沙走石，石号木鸣，禹王再不能前进一步。还好防风氏从旁协助，帮助禹王挡住了黄水。

接着，巫支祈看禹王挡住了它的黄水，心里愤怒极了，又吐出一口红水。禹王面对大水，勇敢地迎了上去，防风氏与众百姓也直冲上去。巫支祈三口怪水吐完，已经筋疲力尽，无法再施展神力，就向井外一蹿，跃入洪水中，顺着水流的方向，向东逃去。又向北折行，钻入一座无名山下。

禹王带领民夫来到这里，他四处走动，看了看山势，又观察水情，用规矩左右前后丈量，完毕后，回头对众人说："这座山挡住了水的去路，我们得把它挖掉，将洪水引入东海，那水怪自然能抓住。"于是带领众人，开始挖山。

水怪巫支祈不想让禹王抓住它,民夫们白天凿下来石头,巫支祈晚上出来,将这些石头一口一口地吞入嘴中,细嚼慢咽之后,再吐出来,喷到白天凿出的空隙里,石头比原先更坚硬。

第二天,禹王准备开工,看到这一情形,怒不可遏,乘云驾雾,来到天宫,向二郎神借来了赶山鞭,运足力气,挥起长鞭,向山头猛甩一鞭,"咔嚓"一声,将这座无名大山劈成两半,成为一个峭石陡立的峡石口。

水怪巫支祈无法藏身,又顺流而下,向东逃窜,钻入山底洞内。巫支祈逃窜的山头共有十一个,是二郎神担山撵太阳时留下来的。

为了开凿此山,禹王在山下大会诸侯,四岳、后稷、皋陶、伯益等各方诸侯按照约定时间到达,商议从第五个山头和第六个山头之间开凿此山。

巫支祈听说禹王要开山,便在水下兴风起浪,刹那间天昏地暗,狂风怒吼,雷声隆隆。随后,大雨倾盆,连下三天三夜,洪水大发,漫到半山腰,阻碍了开工的行程。一天夜里,禹王为治水的事发愁,心里烦躁,睡不着,忽然门板呼啦啦啦响,门被吹开,一位老人走了进来。禹王心里正烦躁,眼前突然出现一双鞋,吓了一跳,看见是位老人,连忙说:"敢问老者尊姓大名?"老人答道:"禹王不必客气,我是此河龙王。近来巫支祈在水下作怪,黎民百姓深受其害,我龙宫也不得安宁,我为此事而来。"

说罢,龙王从腰间取出一个蚌壳,打开蚌壳,瞬间房间大亮。

龙王从蚌壳内取出一把斧子,大呼一声"长",只见斧头瞬间变长,直涨到数丈方停。大禹看着,高兴极了。"太神奇了!"他说着,从龙王手中取过斧子,拜谢龙王的相助之情。龙王又交代了一些使用方法,方才离去。

次日一早,禹王手提神斧,来到山前,大吼一声,对准荆涂山的两个山头猛劈一斧。只听"轰隆"一声,尘土飞扬,山被劈成两半,洪水自山峡口奔腾而下,向东流入大海。此后,荆山在西,涂山在东,形成一个峡口——荆山峡。人们为了感激禹王的恩德,将最美貌的涂山氏嫁给了他。禹王劈开山峡后,巫支祈再也无法隐藏,又顺着河水,向东窜去。禹王率领众人,一直尾随其后。巫支祈看禹王已追来,迅速潜入眼前的石缝中,禹王又率领民众再次开山凿石,挖通河道,拓宽峡面,终于捉住了巫支祈。禹王下令将巫支祈锁在龟山脚下的一口水井里,让它永远不得出来祸害人类,这口井被后人称作支祁井。

至此,禹王终于成功制服了洪水,天下太平,人们重新过上了安居乐业的生活。[①]

## 禹封巨灵神

盘古开天辟地后,大地像一个巨大的盘子,四周高,中心

---

[①] 肖乡编著《民间神话》,河北少年儿童出版社,2004,第180页。为了便于阅读,对原文中一些表述做了改动。特此说明。

低。天上一下雨,水便积聚中心,人们常年泡在水里,苦不堪言。

后来,出现一个很能干的人,叫大禹。大禹不忍看百姓遭难,于是带领民众开凿河道,将大地整成条状,河水顺着河道流下去。百姓总算脱离水难,可以在堤岸上生活。可是,天还是不停地下雨,条状河道汇聚成湖泊,一到下雨天,水势大涨,百姓不得不抬高堤岸。一下雨,百姓就往堤上加土加石块,渐渐地,堤岸越来越高,终于承受不住水的冲击,倒塌下去。

这时,有个大汉出主意,说:"要不将地面四周打开个缺口,这样说不定水患便能免除。"主意是好,可是大地边沿太过坚硬,哪能轻而易举地打开,人们又开始犯愁。大汉说:"我身子壮实,有浑身的劲儿,让我试试,但必须养三年。"说完就睡去了。三年里,他闭目张嘴,一到吃饭时间,百姓就自发前来往他嘴里塞食物。第一年,由日进十斗增至百斗;第二年,又由百斗增至千斗;第三年,又由千斗增至万斗。这时,大汉的身子开始长大,直到与天地同长时,大汉醒了,他浑身是劲,举起巨掌,将厚实的大地边沿打开了个缺口。随后又抬起大脚,奋力一蹬,在大地边沿上又开了个大口子,积水哗哗地向缺口流去。没多久,大地上的洪水退去了,人们过上了幸福、安稳的生活。而大汉因耗尽力气,又倒了下去。人们为纪念大汉,将顺着大汉巨掌劈出的缺口流出的积水叫"掌江",而顺着大汉脚踢出的缺口流出的积水称作"皇河"。后来,年代一久,就叫成了"长江""黄河"。

大禹仿照大汉的方法,率领大家将大地边沿打出众多不同大小的缺口,使大地间的积水都能畅流出去。从此,世人才真正消除了长年累月泡在水里的日子。

大禹因治水有功,被推为天下首领,称为"大禹王"。大禹又封那位大汉为"巨灵神"。①

## 禹治天下诸河

大禹走遍天下,治理了众多河流。此时,大禹为治水,已变得面目全非。在凿山过程中,他屡次受伤;双手指甲脱落;小腿的汗毛全部脱落,走路的时候,一跛一跛;身形消瘦,两颊深陷,嘴巴像鸟喙一样突出。

水患治理成功后,大禹委派神灵丈量土地,东西长两亿零三万三千五百里七十五步,南北长两亿零三万三千五百里七十五步。随后,大禹乘车穿越弱水河,到达黄帝种植白玉、天神聚会的地方——钟山。大禹向天帝祭献贡品,感激天帝保佑他完成治水大业,并将治水功劳归于天帝。

因大禹治水成功,舜帝将皇位传给大禹。大禹死后,葬于会稽山,人们每年都会祭祀他。②

---

① 刘守华、陈建宪:《中国民间神话经典》,华中师范大学出版社,2014,第191页。为了便于阅读,对原文中一些表述做了改动。特此说明。
② 陈连山:《中国神话传说》,五洲传播出版社,2008,第121~122页。

大禹继承父志，听帝命治水，他观察山川河流，吸取父鲧一味"堵"的教训，堵、疏相结合，历时十三年治水成功。禹在治水过程中，受黄龙、河伯、伏羲、巫山之女等的帮助，克服重重困难，攻共工，杀相柳，锁巫支祈，斗黄龙，杀防风氏。为治水，禹甚至未娶妻，或受上天启示，方娶涂山氏女，曾抛家弃子，"三过家门而不入"。在治水过程中，禹不顾自身安危，忽视身体极限，创"禹步"，奋勇向前，历时十三载治水成功。禹在治水过程中，踏遍山川万里，遂划定九州，制九鼎，统一天下。禹的功绩、德行为世人所赞赏、崇拜。

### 大禹育稻

禹的功绩不仅在于治水，他在农业发展及铸造金属器具上也有不小的功劳。他积极指导百姓发展农业。《韩非子·五蠹》载："禹之王天下也，身执耒臿，以为民先。股无胈，胫不生毛，虽臣虏之劳不苦于此矣。"[①] 禹亲自拿农具干活的行为为禹的形象又增添一抹光彩，这种吃苦耐劳、敢为民先的大禹精神成为中华民族优秀文化之一。

相传大禹治水成功以后，地面逐渐露了出来，但地上的百草却全被水淹死了。人们只能吃些树叶、草根，渐渐地又开始

---

① 韩非：《韩非子》，李维新校注，中州古籍出版社，2008，第466页。

有人生病。大禹心想,人吃这些东西,不生病才怪,得寻些能吃的东西。大禹到附近山上转了一圈,看到一棵树杈里生出三种草,长出不少果实。果实毒汁少,人吃了应该没事。大禹想着,不如以后多寻些这种长果实的草,用来充饥。后来大禹又去首阳山寻找能生果实的五种草,他称其为"五谷",五谷只有在有阳光的白天方能生长。五谷种下去,很快就长了出来,大禹令手下两名大将——田公、田母管理它们。大禹耐心教导,指明哪种水草适宜水里生长,哪种水草适宜陆地种植。那时候,洪水刚刚退去,大地一片荒芜,田公、田母遇水则洒水种,遇土地则洒适宜陆地生存的种子。那时候,天地间到处被他俩洒满种子。水里生长的则是水稻,陆地长出来的称是高粱。田公、田母的两个儿子用石头片开出浅潭,用来种植水稻,弟兄俩从南海直种到太湖边。考虑到种得太多,长出来以后不好收,就没再往北边种,因而太湖以北的地区水稻就比较少。①

## 大禹和水酉

大禹出世后,一心治水。他翻高山,越深渊,冒风沙,蹚泥浆,三过家门而不入,没个安稳日子。

---

① 姜彬:《稻作文化与江南民俗》,上海文艺出版社,1996,第699页。

大禹有个手下，叫水酉，很贴心，掌管大禹的衣食住行。水酉此人心细手巧，他想着大禹每天辛苦奔波，就经常琢磨着如何让大禹的生活更舒适一点。有一天，水酉听说糯米饭能管饱，吃了还能起到温补身子的作用，于是水酉弄来些糯米，准备做给大禹吃。水酉将香喷喷的糯米饭做好以后，盛在大陶碗里，准备给大禹当中饭吃。谁知左等右等，过午了，大禹依旧没回来。水酉捧着陶碗，在地上转了一圈又一圈，大禹却还没回来。水酉琢磨着，既然禹王不回来，我去外边找找吧。他沿着大禹的去路，还是没看见大禹的人影。太阳火辣辣地晒着，水酉又怕把糯米饭给蒸干了，就走到一处水洼地，随手折了一些红白相间的大辣椒花，盖在糯米饭上。水酉踮起脚尖，向远望去，依旧不见大禹的身影。渐渐地温度越来越高，再加上水酉没吃午饭，竟晕在了路旁。过了好长时间，大禹手下的人回来，发现水酉昏倒在水洼旁边，赶紧抬了回去。

水酉昏昏沉沉地直过了三天才彻底清醒。一清醒，忙问别人："那碗糯米饭呢？"旁边的人回道："只见是你晕倒在路旁，谁还有心思管那碗糯米饭呢？"水酉一听，着急了，跟跟跄跄地朝水洼地奔去。他在辣椒叶下，找到了那碗糯米饭。他赶紧捧起陶碗，掀开一看，哪还有什么糯米饭。水酉又拿手指拨弄了一下，碗里俱是乳白色的汤水。又用手指捞起浮糟，放到嘴里尝了尝，瞬间睁大了眼。那浮糟又甜又香，简直美味。他端起碗，喝了口汤水，也是美味。水酉病了三天，没怎么吃喝，心想着，本来是给禹王蒸的糯米饭，现在成了这样，不如让我喝了吧。他端起陶碗，将汤水喝了下去，喝了一半后，感觉浑身热乎乎的。水酉又惊又喜，急忙赶回去，将这件事告诉了大禹手下的人们，他又将剩余一半，递给大伙儿，说让大家尝尝。大伙儿喝完后，也觉得全身舒爽，精神振奋。便有人提议到，给禹王也做一碗，让他尝尝。

水酉照原样儿烧了一碗糯米饭，往里洒了些辣椒花穗，放到辣椒叶下面凉着。他特意看管，怕被蛇虫鼠蚁糟践。过了三天，碗里果然又是乳白色的汤水，上面浮着糟米。水酉迫不及待地尝了尝，觉得这回的比上回还好。

一会儿，大禹回来了，他在外忙碌一天，又累又饿，问水酉要饭吃。水酉把陶碗递给大禹，让大禹快点喝。大禹端起碗，喝了一口，连声称赞："美味，美味！"又迫不及待地吃喝了起来。一会儿，碗空了，大禹回头对水酉说道："下次再做给我吃。"说罢，大禹觉得全身暖乎乎的，耳朵似乎烧了起来。他迷迷糊糊地称赞着，很快就睡了过去。

谁知大禹这一睡，竟足足三天三夜。水酉守在一旁，快急疯了。大禹醒来，水酉连声呼喊着："禹王，您可醒了。"大禹奇怪，问道："我睡了很长时间？"水酉说："您都睡了三天三夜，我快急死了。"大禹一听自己竟睡了三天三夜，可耽误了不少工夫。又觉疑惑，便问道："你给我吃的是什么东西？"水酉老老实实地讲了一遍。大禹听罢，惊呼："水酉，你可真糊涂，误了我的治水大事,以后禁止做这些。"水酉点点头,说:"遵命,再也不敢了。"

大禹一心治水,很快又投入到治水大业中,很快将这件事忘了。大禹的手下尝过一次后,就再也忘不了这个味儿,暗地里撺掇水酉再做些来喝。

水酉不应,说:"禹王已禁止做这个了,我可不敢违抗命令。"那些嘴馋的手下,哪里肯放过这个机会,怂恿着水酉再做些来。水酉拗不过大伙儿,只好答应。水酉心眼好,又手巧,他很快把那美味的东西又造了出来。他受到之前的教训,只得要求大家定要适量,不可多饮。大禹的手下连声答应着,吃喝过后,个个脸红耳赤,精神抖擞,在大禹面前嬉笑玩闹,毫不收敛,这引起大禹的注意。他问众人:"你们吃了什么灵丹妙药,怎么个个精神抖擞?"

大禹话音刚落,其中一个平时能说会道的人便抢着说:"我们喝的是水酉造的酒,美味极了。"大禹一听,说:"这东西,我不是禁造了吗?"那人回道:"这东西喝多不行,少喝点却能添力气。"大禹心想:这东西既如此美味,喝了还能提神,我为什么要禁造呢?于是,大禹顺着大家的心意,对水酉说:"既然大伙儿说酒是好东西,那你便多造些,也好让大家为治水出力。"水酉说:"遵命。"大禹手下的人也纷纷道:"多谢禹王。"

从此,世上便有了酒。后来,大禹得知酒能驱湿避寒,对众人治水有好处，大禹就任命水酉掌管造酒的事。因此，老辈人常说："第一个喝醉的人是大禹，第一个禁止造酒和批准造酒的人也是大禹。水酉便是造酒的祖师爷。"

## 二

# 民俗与信仰

## (一) 历代的大禹祭祀仪式

大禹祭祀历史悠久,上至帝王,下至民间,大禹崇拜成为中国传统文化的一部分。"若我们将对历史的探求当作是一种'回忆过去'的理性活动,此种'回忆'常常难以脱离社会文化的影响。"① 人们对于大禹的信仰强化了群体性的民族文化认同,而信仰本身又通过大禹祭祀这一仪式得以体现和加强。

秦代,秦始皇出巡东游(前210年),随行人员有左丞相李斯和少子胡亥等,"上会稽,祭大禹",开启了皇帝亲祭大禹陵的先河。秦二世胡亥接位之后,于二世元年(前209年)春,东巡至会稽祭拜大禹陵。

汉代,出现了既有京师官社祭禹,又有大禹的后裔在墓地祭禹的现象。南北朝时期,南朝盛行遣官祭禹,北朝提倡在就近的禹庙或禹迹地祭禹。孝文帝太和十六年(492年)下诏曰:"夏禹

---

① 王明珂:《历史事实、历史记忆与历史心性》,《历史研究》2001年第5期。

御洪水之灾,建天下之利,可祀于安邑(今山西运城,传曾为夏禹王都城)……飨荐之礼,自文公以上,可令当界牧守,各随所近,摄行祀事,皆用清酌尹祭也。"①

隋朝,朝廷在安邑的禹王城进行祭禹,在京师也有庙祭。北魏孝文帝太和二十一年(497年)"夏四月庚申,幸龙门(今禹门口),使以太牢祭夏禹。癸亥,幸蒲坂(今山西永济市蒲州镇)。使以太牢祭虞舜。修尧、舜、夏禹庙"②。唐太宗贞观十二年(638年)春二月"乙丑,次陕州(治今河南三门峡市),自新桥(今何地不详)幸河北县(治今山西平陆县境),祀夏禹庙"③。

宋、元以来,祭禹已经作为一种制度被明确下来。如《宋史礼志辨证》所引:

岁之大祀三十:正月上辛祈穀,孟夏雩祀,季秋大享明堂,冬至圜丘祭昊天上帝,正月上辛又祀感生帝,四立及土王日祀五方帝,春分朝日,秋分夕月,东西太一……④

到了元代,对祭禹,朝廷早有明文规定。《元史》卷七十六所载:"尧帝庙在平阳。舜帝庙,河东、山东济南历山、濮州、湖南道

---

① 魏收:《魏书》,吉林人民出版社,1995,第1605~1606页。
② 李延寿:《北史》卷三,中华书局,1974,第117页。
③ 刘昫等:《旧唐书》卷三,中华书局,1975,第49页。
④ 汤勤福、王志跃:《宋史礼志辨证·上》,上海三联书店,2011,第60页。

州皆有之。禹庙在河中龙门。至元元年七月，龙门禹庙成，命侍臣持香致敬，有祝文。"①至元元年（1264年）秋七月"丁酉，龙门（今禹门口）禹庙成，（元世祖）命侍臣阿合脱因代祀"。②龙门的大禹庙被列入了元代的国家祭典，元世祖命大臣代替自己前往祭祀。

明朝的禹祭制度更为完备，祭祀典礼庄严隆重。官方禹祭一般有两种形式，一是立殿庙祭，一是会籍陵祭。"明朝建国之初，即建帝王庙，自伏羲至元世祖，凡十七帝，居正殿五室，其中夏禹与商汤、周文王同居一室。"③洪武七年，太祖躬祀，有大禹祝文为"夏禹王勤俭家邦，平治水土，天锡九畴，彝伦攸叙"④。

清代，祭祀基本依循明朝仪典。据《清史稿·礼志》载："清代祀典，初循明旧，稍稍褒益，亦有因时而制宜者。"

民国时期，社会各界名流发起"尊禹学会"，极力倡导大禹精神，学会于1933年、1934年大修禹庙、禹祠，形成了今日禹庙的大致规模。1935年10月16日，浙江省各界在大禹陵举行了民国时期规模最大的一次公祭大禹活动，当时浙江省政府主席黄绍竑主持了祭祀典礼。新中国成立之后，禹陵、禹庙，以及禹祠、禹穴等古迹得到多次保护性修缮。

---

① 宋濂等撰《元史》卷七十六，中华书局，1976，第1903页。
② 宋濂等撰《元史》卷五，中华书局，1976，第97~98页。
③ 徐进：《明代大禹记忆及其文化意蕴》，《殷都学刊》2016年第4期。
④ 夏元吉等：《明太祖实录》，中研院史语所影印本，1962，第1604页。

"中国历代王朝的统治者希望通过祭天、祀地、祭祖以及崇圣等一系列国家祭祀仪式为其统治合法性提供证据"[①]，宣扬"君权天授""奉天承运""天命"等价值观念，以确立政权的合法性信仰，建构统治的合法性，展现皇帝的权威，从而维护以皇帝为核心的政治统治秩序。现在，虽然原先的国家祭祀发挥政治功能的社会环境已不复存在，但是，祭祀大禹是中华民族传统文化的重要组成部分，强调人们对祖先的恭敬虔诚，有助于人们恪守社会秩序，追求厚德载物，仍然具有重大的现实意义。

---

① 刘训华主编《大禹文化学概论》，武汉大学出版社，2012，第112页。

## （二）大禹祭祀仪式的多维呈现

### 会稽禹祭

禹葬会稽，在史书上屡有记载，如《史记》《墨子》《吕氏春秋》《越绝书》《后汉书》《水经注》等。自公元前210年，始皇帝亲自"上会稽，祭大禹"后，历代皇帝都极其重视大禹祭祀，或亲往祭禹，或遣官告祭。"至明代，皇帝登基，必遣使告祭，形成制度。大禹祭祀分为告祭和致祭两种形式。皇帝登基特遣专官称告祭，皇帝遣使传制称致祭。洪武四年（1371年），太祖遣臣告祭，补《登极祭文》"①。

据万历《绍兴府志》所载，会稽禹庙最初建在涂山南麓。

> 山阴大禹庙，在涂山南麓。宋元以来，咸祀禹于此。国朝始即会稽山陵庙致祭，兹庙遂废。又一在三江巡检司北，一在余姚

---

① 徐进：《明代大禹记忆及其文化意蕴》，《殷都学刊》2016年第4期。

东山。①

宋王十朋诗：君不见逢目英雄吞四海，血祀初期千万载。稽山木像弃长江，逆溯波涛鬼无馁。乌喙辛勤十九年，平吴霸越世称贤。故国无人念遗烈，山问庙貌何凄然。马守开湖利源迥，岁沃黄云九千顷。年来遗迹半湮芜，庙锁湖边篆烟冷。吴越国王三节还，尽将锦绣裹江山。自从王气息牛斗，庙北昭王屋一间。乃知流光由德厚，祀典谁能如夏后。九年洪水滔天流，下民昏垫尧心忧。帝惧万国生鱼头，锡禹洪范定九州。功成执玉朝冕疏，奔走讼狱归歌讴。南巡会稽觐诸侯，书藏魅穴千丈幽。蝉蜕尘寰不肯留，千古灵庙依松楸。吾皇盛德与禹侔，菲食卑宫恶衣裘。思禹旧绩祀事脩，小臣效职躬荐羞。仰瞻黼冕怀远猷，退惜分阴惭惰偷。嗟乎！越山高兮可理而畴，惟有禹贡声名长不朽，告成世祀无时休。禹庙诗甚多，兹诗似咏兹庙者，故附焉，余俱载禹陵庙下。

自宋元以来，祭祀禹庙一直被列入国家祭典，据宋代《方舆览胜》卷六所载：

禹庙，在会稽县东南七里。李绅诗：削平水土穷沧海，畚锸东南尽会稽。山拥翠屏朝玉帛，穴通金阙架云霓。秘文镂石藏青壁，

---

① 萧良幹修，张元忭、孙鑛纂《万历〈绍兴府志〉点校本》，李能成点校，宁波出版社，2012，第382页。

宝检封云化紫泥。清庙万年长血食,始知明德与天齐。①

清康熙二十八年(1689年)二月"上渡钱塘江舟泊绍兴府会稽山麓","亲撰祭文诣禹陵致祭","行三跪九叩礼"。"祭文曰:惟王精一传心、俭勤式训。道由天锡。启皇极之图畴,功在民生……"② 康熙制颂刊石,并书额曰:"地平天成",又亲笔为禹庙题匾、联各一,撰《谒大禹陵》及《禹陵颂并序》诗、颂各一。

会稽山图③(清《康熙会稽县志》)

**祭禹禳灾**

唐景龙三年(709年),担任越州(治今浙江绍兴市)长史的

---

① 祝穆撰,祝洙增订《方舆胜览·上》,施和金点校,中华书局,2003,第113页。
② 《清实录》第五卷《圣祖仁皇帝实录》二卷100与卷196(康熙二十一年至三十八年),中华书局,1985,第521页。
③ 绍兴县地方志编纂委员会编《绍兴县志》,中华书局,1999,第165页。

宋之问在刚刚上任之时,就到会稽禹庙进行拜谒。在祭文中,宋之问写道:"昔者巨浸横流,下民交丧,惟后得流星贯昴之梦,受括地治水之符,底定九州,弼成五服。遂类上帝,乃延群公。自有生灵,树之司牧。大灾莫逾于尧日,勤人不越于夏君。向微随山奠川之功,苍生为鱼,至今二千九百年矣。肇为父子,始生君臣。兴用天之道,广分地之利者,呜呼!皆后之功也。"①令宋之问着急前往拜祭的原因是大禹的德行——治水的德行。他希冀通过祭祀带有神异力量的大禹,庇佑天下苍生。他在文中也描述了自己的决心:"先王为心,享是明德。后之从政,忌此奸慝。酌镜水而励清,援竹箭以自直。谒上帝之休祐,期下人之苏息。"②

唐代官员李绅在赴越州任上时,"早渡浙江,寒雨方霖,军吏悉在江次。越人年谷未成,淫雨不止,田亩浸溢,水不及穗者数寸。余至驿,命押衙裴行宗先赍祝辞,东望拜大禹庙,且以百姓请命。雨收云息,日朗者三旬有五日。刘获皆毕,有以见神之不欺也"③。"寒雨"不停地下,百姓们颗粒无收,这必定会影响收成,刚上任的李绅见状,前去禹庙祈告,祈求大禹能够显灵,让寒雨停止,百姓安居乐业。禹最终显灵,寒雨不再降落。

明嘉靖元年(1522年),澶州监察御史王溱到河南开封的禹

---

① 李昉等编《文苑英华》,中华书局,1966,第5240页。
② 同上。
③ 李绅:《追昔游集》卷中《渡西陵十六韵序》,《影印文渊阁四库全书》第1079册,第92页。

王庙巡视,登台远眺,赞叹大禹治水造福于民的伟业,当即组织人力整修庙宇,并请在此游览的李梦阳撰写《禹庙碑》。碑记中要求人们要做到居安思危,"乃今历三河,揽淮泗,极洪流而尽滔滔,使非有神者主之,桑而海者久矣,尚能粒邪,耕邪,庐邪?"①

## 诗祭

陆游在《禹庙赋》中追忆大禹的功绩:

世传禹治水,得玄女之符。予从乡人以暮春祭禹庙,徘徊于庭,思禹之功,而叹世之妄,稽首作赋。其辞曰:呜呼:在昔鸿水之为害也,浮乾端,浸坤轴。裂水石,卷草木。方洋徐行,弥漫平陆。浩浩荡荡,奔放洄伏。生者寄丘阜,死者葬鱼腹。蛇龙骄横,鬼神夜哭。其来也组练百万,铁壁千仞。②

他面对南宋半壁江山,在《禹祠》中表达了"天下仇不复,大耻何时祛"的豪情壮志。对此,他深感不可待,于是,"挥涕"禹庙。他在《新秋往来湖山间》(之三)中谈到自己再度来到禹祠"去年已愧曳杖来,今者更用儿扶拜。聊持一酌荐丹衷,衰

---

① 张仁健:《古文名篇译析——李梦阳〈禹庙碑〉、钟嗣成〈录鬼簿序〉》,《名作欣赏》1994 年第 1 期。
② 陆游:《陆游集》第五册,中华书局,1976,第 2493 页。

疾龙踵神所贷"。为了雪国耻,他叫儿子扶着到禹庙恭酒祭拜,表明爱国"丹衷"①。

唐代诗人崔词《谒禹庙》诗,在歌颂了大禹功业后,结尾有"叨荣陵寝邑,怀古益踌躇"之句,表明他是祭禹的从祭人。宋代潘阆诗《癸未岁秋七月祷禹庙》,因民忧,"自惭无异策",所以"来暗祷"禹庙,"载拜泪双重"。"这些诗篇,不一定是作者在祭祀时作成,但其字里行间充满着对大禹的敬仰、缅怀之情,此举或可称之为诗祭"②。

---

① 刘训华主编《大禹文化学概论》,武汉大学出版社,2012,第110页。
② 同上。

## （三）大禹祭祀仪式的当代传承

大禹治水之德广受百姓赞誉。在有禹庙的地方，大禹就是当地百姓的守护神。"民间信仰中大禹的神格主要是治水之神。当然也有少数禹庙比如绍兴大禹陵，其神格主要是始祖神。民众在治洪的关键位置修建禹庙，供奉大禹，主要是为了寄托治理水患的诉求。"① 在民间信仰的衍化与传承中，人们根据自身的需求，在对大禹的祭祀中添加了"祈福""求雨"及"保佑平安"等希冀。

在龙门村村民看来，禹王是守护他们的神灵，一直以来，村里每年都会举办两次庙会。在过去，大禹庙会分为春秋两季，春季庙会在农历三月二十到三月二十四，秋季庙会集中在九月初一到十月二十二这一段时间。这一祭祀，最初是官员为祭祀神灵而举办，声势浩大。到现在，禹王庙几经修缮，这一习俗又重新延续下来，但庙会时间也发生变化。春季庙会改为农历三月十三到

---

① 张多：《灾害的神话表征——"大禹治水"的景观分布及减灾表述》，《民俗研究》2018年第6期。

三月十五，秋季庙会集中到九月十三到九月十五这三天。每年到庙会时，村民会在庙里点社火，龙门村领导还会邀请剧团前来演戏，将禹王"邀"下山，一起听戏。同时，每五年搞一次大型的迎神赛社活动，全村村民与庙官一同敲锣打鼓，燃放爆竹。在哄闹声中，由十八人将禹王塑像抬出，暂时安置在村子里的老爷庙。第二天，村民们以相同仪式将禹王雕像送回禹王庙。除剧团演戏外，还有锣鼓大赛、干板腔表演、游泳垂钓以及其他杂耍节目助兴。

在芮城县，逢年过节，黄河两岸百姓纷纷来到神柏树下禹庙遗址，祭拜大禹，燃鞭放炮，焚香供奉，祈福求佑，络绎不绝。这一传统流传海内外，大禹的后裔从港澳台等地千里迢迢来大禹渡祭拜大禹，寻根祭祖，虔诚礼拜。

忻州河曲县，百姓会放河灯。"河灯会"历史悠久，其记载最早可见于明万历《河曲县志》：明弘治十三年，知县李邦彦率众祭奠大禹，放河灯。以后历朝历代均延续不断，清道光年间重修的大禹庙壁上，还留有"祭奠大禹""放河灯"的历史情形。每年的正月初二、三月十八、七月十五，在县城西门外黄河岸上举办三次庙会。以七月十五这次最隆重，诵经，奏乐，"至晚则用船将三百六十盏河灯放于黄河中流，以超度溺死者亡灵，灯光浮游，光点灿烂，观者如堵"[1]。

在陕西韩城周原村也建有大禹庙，原名大夏禹王庙，简称大

---

[1]《河曲县志》编纂委员会编《河曲县志》，山西人民出版社，1989，第541页。

禹庙。此庙始建于元大德五年（1301年），明代曾重修。1985年5月列为韩城市重点文物单位。每年六月初十至十二日庙会期间，人们敬神祈雨，十分热闹。

在河南禹州，每月初一、十五禹王庙内香烟缭绕，香客不断。

在浙江绍兴，民间的大禹的祭祀比较隆重，有农历三月初五游禹庙的习俗。这在古代就有记载，嘉泰《会稽志·节序》云：

> 三月五日，俗传禹生之日，禹庙游人最盛，无贫富贵贱倾城俱出，士民皆乘画舫，丹垩鲜明，酒樽食具甚盛，宾主列坐，前设歌舞；小民尤相矜尚，虽非富饶，亦终岁储蓄以为下湖之行[①]。

游禹庙是一种游艺民俗，它主要是让人消遣休闲、调剂身心，这天会有一些民俗娱乐活动，如乘画舫、龙舟竞渡等。

在四川省北川县禹里镇，大禹被当地民众认为是地方保护神，到每年的农历六月初六，即传说中大禹的诞生日，当地民众都会赶到大禹庙进行朝贺。2014年7月2日，农历六月初六，禹里镇举行了一次盛大祭祀活动。当地羌族群众抬着猪、羊、水果和五谷杂粮等祭品，走向石纽山广莲寺，临近的马槽乡民间唢呐队、墩上乡民间十二花灯队、禹里火枪队、锅庄队等民间艺人汇入祭祀队列，沿途展演羌族独特的民俗文化。随后，在广莲寺前，敬

---

[①] 施宿、张淏等撰《南宋会稽二志点校》，李能成点校，安徽文艺出版社，2012，第250页。

献祭品、诵读祭文,禹氏宗亲和羌族民众纷纷在大禹塑像前叩首、敬香。

在汶川县,祭祀大禹也是一项传统民俗活动。2014年9月6日,汶川县在绵虒镇大禹祭坛举行"2014年大禹祭祀典礼"。当地羌族群众身着盛装,在羊皮鼓的配乐下,共同聚集在一起,手捧水果、糕点和祭祀物品,走向祭坛,祭拜大禹,祈福来年风调雨顺、合家幸福。

# 三
## 文献与古迹

## （一）文献记载

夏禹是夏王朝的始祖，其德行历来受文人推崇。对大禹的颂扬最早见于诸子文集。春秋战国时期，出现了百家争鸣的局面，诸子为了宣传、证明自己的政治主张，纷纷从古史、传说寻求"依据"，并进行加工、改造。大禹治水的传说屡见于《尚书·益稷》《墨子》《孟子》《吕氏春秋》等文献，在这一时期，有关禹的背景资料逐渐丰富起来。《山海经》《世本》《竹书纪年》等进一步为大禹建立"家谱"，家谱中内容更加翔实。汉代，史学家司马迁充分搜集了大量有关大禹的传说，并通过实地调查，对各种不同的传说进行比较、取舍，初步完成了大禹文化的"定型"与"统一"[①]。

---

[①] 周书灿：《大禹传说的多元并起、"层累"积聚与定型统一》，《吕梁学院学报》2011年第3期。

## 鲧的身份

相传鲧是原始部族首领，治水英雄禹的父亲。有关鲧的身份记载，不同的文献古籍有不同的记录。《山海经·海内经》中，认为鲧是黄帝孙，颛顼子，"黄帝生骆明，骆明生白马，白马是为鲧"①。《山海经》记载的内容，大多是中国神话，司马迁曾指出其内容过于荒诞无稽，作史不敢参考，但从另一方面来说，它为华夏民族起源提供依据。《世本·帝系篇》也曾明确表明鲧为颛顼子，"颛顼生鲧，鲧生高密，是为禹"②。鲧作为华夏民族始祖神之孙，出身不凡，也铸就了他的不平凡之举。《墨子·尚贤中》："昔者伯鲧，帝之元子，废帝之德庸，既乃刑之于羽之郊，乃热照无有及也。帝亦不爱。"③指出鲧为"帝之元子"，这里的帝是谁，并没明确说明，有学者认为这里的帝即"颛顼"，也有人认为这里的帝是"天帝"。但不论鲧为人为神，文献中对其治水及腹生禹的记载，都为华夏族群的起源提供了一定的依据。

文献记载，鲧曾修建城郭。《吕氏春秋·君守》载："夏鲧作城。"④那么，鲧为何"作城"？一种说法认为是要"防洪堵水"，一种认为是为"卫君、守民"。《淮南子·原道训》中则指出城郭的高度，

---

① 方韬译注《山海经》，中华书局，2016，第351页。
② 宋衷注，秦嘉谟等辑：《世本八种》，商务印书馆，1957，第12页。
③ 毕沅校注《国学典藏·墨子》，吴旭民校点，上海古籍出版社，2014，第36页。
④ 高诱注《国学典藏·吕氏春秋》，毕沅校，徐小蛮标点，上海古籍出版社，2014，第385页。

"昔者夏鲧作三仞之城,诸侯背之,海外有狡心。禹之天下之叛也,乃坏城平池,散财物,焚甲兵,施之以德。海外宾伏,四夷纳职。合诸侯于涂山,执玉帛者万国"①。"化干戈为玉帛"一词即出于此。文献中,夏鲧造城,破坏了秩序,引起诸侯不满,其他部落的虎视眈眈。但城郭的建造,成为后世之人抵御外敌的重要手段。

文献中,对于鲧的婚姻并未详述,只说明鲧妻为女志,或脩已。《世本·帝系篇》载:"鲧娶有莘氏女,谓之女志,是生高密。云:高密,禹所封国。"②对于鲧妻的记载多为其生禹的神奇之事。

## 鲧治水

相传远古时期曾发生一次大洪水,当时为尧统治时期。面对滔滔洪水,百姓困苦不堪。帝尧与四方之臣商议该如何治水,四方之臣推荐鲧,尧不同意。四方之臣认为可以一试,遂派鲧治水。鲧治水九年,洪水依然肆虐。这一传说曾被记于《尚书·尧典》。

帝曰:"咨,四岳,汤汤洪水方割,荡荡怀山襄陵,浩浩滔天,下民其咨,有能俾乂?"佥曰:"於,鲧哉!"帝曰:"吁,咈哉!方命圮族。"岳曰:"异哉!试可乃已。"帝曰:"往钦哉。"九载,

---

① 刘安撰:《淮南子》,陈静注译,中州古籍出版社,2010,第18页。
② 宋衷注,秦嘉谟等辑:《世本八种》,商务印书馆,1957,第15页。

绩用弗成①。

鲧治水九年无功，其后方有大禹治水。历史上学者们大多认为鲧治水采用"堵"，导致洪水越来越大。《山海经·海内经》载："禹、鲧是始布土，均定九州。"②传言，鲧利用"息壤"堵洪水，且"息壤"是鲧从天帝处偷来的。那么"息壤"又是什么呢？它为什么能"止住"洪水呢？息壤，传说是一种能自行生长，且永不缩减的土壤。后世之人对其宣传神乎其神。在《五杂俎·地部二》中，认为"息壤"能"止雨"，且不可随意"侵犯"，如《柳河东集·永州龙兴寺息壤记》中也记述了"息壤"的神奇性与不可侵犯性。具体记载如下：

今江陵南门有息壤祠云。息壤，石也，而状若城郭。唐元和中，裴宇牧荆州，阴雨弥旬不止。有道士欧阳献谓宇曰："公曾得一石室乎？瘗之则雨止也。"宇惊曰："有之，但已弃竹篱外矣。"觅而瘗之，雨即止。后人有发之者，辄致淋雨。苏轼序云："今江陵南门外，有石状若宅陷地中，而犹见其脊，旁有石记云：'不可犯畚锸，以致雷雨。'"后矢其处。万历壬年，新筑南门城，乃复得而瘗之，置祠其上。

——《五杂俎》地部二③

---

① 曾运乾注《国学典藏 尚书》，黄曙辉校点，上海古籍出版社，2015，第11~12页。
② 方韬译注《山海经》，中华书局，2016，第353页。
③ 谢肇淛撰《五杂俎》，上海书店出版社，2009，第63~64页。

永州龙兴寺东北陬,有堂,堂之地隆然负砖甓而起者,广四步,高一尺五寸,始之为堂也。夷之而又高,凡持锸者尽死。永州居楚越间,其人鬼且禨,由是寺之人皆神之,人莫敢夷。《史记·天官书》及《汉志》有地长之占而亡其说,甘茂盟息壤,盖其地有是类也。昔之异书,有记"洪水滔天,鲧窃帝之息壤以堙洪水,帝乃令祝融杀鲧于羽郊。"其言不经见,今是土也,夷之者不幸而死,岂帝之所爱耶?南方多疫,劳者先死,则彼持锸者,其死于劳且疫也。土乌能神?余恐学者之至于斯,徵是言而唯异书之信,故记于堂上。

《柳河东集·永州龙兴寺息壤记》①

且不论"息壤"是否真实存在,这些记载都反映了当时民众对洪水的恐惧,以及对治服洪水的渴望。而后世之人对其记载及宣传,极有可能是想通过它的神秘性来制止另一些奇怪事物的发生。

## 鲧之死

鲧死亡结局已注定,那么鲧因何而死,文献有不同记载。《山海经·海内经》记载:"洪水滔天,鲧窃帝之息壤以堙洪

---

① 柳宗元:《柳河东集》,林纾评选,商务印书馆,1924,第75页。

水,不待帝命。帝令祝融杀鲧于羽郊,鲧复(腹)生禹。帝乃命禹卒布土以定九州。"①郭璞注:"息壤者,言土自长息无限,故可以塞洪水也。"②相传鲧治水所用息壤是从天帝那儿盗窃来的,此行为触怒天帝,天帝遂派遣祝融杀鲧于羽郊。《楚辞·天问》则指出鲧死后化为黄熊,且被归入四凶,并对鲧的恶贯满盈提出疑问,"化为黄熊,巫何活焉?咸播秬黍,莆藿是营,何由并投,而鲧疾脩盈?"③难道只因治水无功,便遭驱逐?《楚辞·离骚》:"鲧婞直以亡身兮,终然夭乎羽之野。"④《尚书·洪范》篇载:"鲧堙洪水,汩陈其五行,帝乃震怒,不畀洪范九畴,彝伦攸斁。鲧则殛死,禹乃嗣兴。天乃锡禹洪范九畴,彝伦攸叙。"⑤《洪范》篇认为鲧治水,扰乱五行秩序。天帝大怒,未将治国的方法给予他,致使天下伦常败坏,被流放而死(也有说法认为是被诛杀而死)。由此看来,鲧之死,治水失败是关键。到《吕氏春秋·行论》篇中则认为鲧因"进谏"而死,"尧以天下让舜,鲧为诸侯,怒于尧曰:'得天之道者为帝,得地之道者为三公。今我得地之道,而不以我为三公。'以尧为失论,欲得三公,怒甚猛兽,欲以为乱。比兽之角能以为城,举其尾能以为旌,召之不来,仿佯于野以患帝。舜于是殛之于羽

---

① 方韬译注《山海经》,中华书局,2016,第354页。
② 袁珂校注《山海经校注》,巴蜀书社,1993,第536页。
③ 冀昀主编《先秦元典·楚辞》,线装书局,2007,第78页。
④ 同上书第14页。
⑤ 曾运乾注《国学典藏 尚书》,黄曙辉校点,上海古籍出版社,2015,第113页。

山,副之以吴刀。"①

鲧治水失败,死于羽山(也说羽渊),死后三年,尸体不腐,精魄不散。文献中对鲧的结局多有记载,究其原因,可能是为治水英雄禹创造不平凡出生,也为华夏民族起源注入神圣性。

《述异记》(卷上)载鲧死后化为黄熊:

> 尧使鲧治洪水,不胜其任,遂诛鲧于羽山,化为黄熊,入于羽泉。今会稽祭禹庙,不用熊曰(白)。黄能,即黄熊也。陆居曰熊,水居曰能。(任)昉按:今江淮中有鱼丈(鲛)名熊。熊,蛇之精。至冬化为雉,至夏复为蛇。今吴中不食雉,毒故也。②

鲧治水失败之后,关于其神异结局的具体记载如下:

> 昔者鲧违帝命,殛之于羽山,化为黄能,以入于羽渊,实为夏郊,三代举之。
>
> 《国语·晋语八》③

> 鲧死三岁不腐,剖之以吴刀,化为黄龙也。

---

① 高诱注《国学典藏·吕氏春秋》,毕沅校,徐小蛮标点,上海古籍出版社,2014,第497~498页。
② 任昉撰《述异记》,湖北崇文书局开雕,1875年,第3页。
③ 左丘明:《国语》,韦昭注,胡文波校,上海古籍出版社,2015,第320页。

《山海经·海内经》郭璞注引《开筮》①

又东十里,曰青要之山,实惟帝之密都。北望河曲,是多驾鸟。南望墠,禹父之所化。(郭璞注:鲧化于羽渊,为黄熊。)

《山海经·中山经》②

尧命夏鲧治水,九载无绩,鲧自沉于羽渊,化为玄鱼。时扬须振鳞,横修波之上,见者谓为"河精"。羽渊与河海通源也。海民于羽山之中修立鲧庙,四时以致祭祀。常见玄鱼与蛟龙跳跃而出,观者惊而畏矣。至舜命禹疏川奠岳,济巨海则鼋鼍而为梁,逾翠岑则神龙而为驭,行遍日月之墟,惟不践羽山之地,皆圣德之感也。鲧之灵化。其事互说,神变犹一,而色状不同。玄鱼黄能,四音相乱,传写流文,"鲧"字或"鱼"边"玄"也。群疑众说,并略记焉。

录曰:书契之作,肇迹轩史,道朴风淳,文用尚质。降及唐、虞,爰迄三代,世祀遐绝,载历绵远。列圣通儒,忧乎道缺。故使玉牒金绳之书,虫章鸟篆之记,或秘诸岩薮,藏于屋壁;或逢丧乱,经籍事寝。前史旧章,或流散异域。故字体与俗讹移,其音旨随方互改。历商、周之世,又经嬴、汉,简帛焚裂,遗坟残泯。详其朽蠹之余,采据传闻之说。是以"己亥"正于前疑,"三

---

① 袁珂校注《山海经校注》,巴蜀书社,1993,第537页。
② 方韬译注《山海经》,中华书局,2016,第143页。

豕"析于后谬。子年所述，涉乎万古，与圣叶同，摛文求理，斯言如或可据。《尚书》云："尧殛鲧于羽山。"《春秋传》——："其神化为黄能，以入羽渊。"是在山变为能，入水化为鱼也。兽之依山，鱼之附水，各因其性而变化焉。详之正典，爰访杂说，若真若似，并略录焉。

《拾遗记》(卷二)①

## 禹出生地及出生方式

禹作为华夏民族的始祖之一，备受关注。历史文献中，对于禹的出生地，争议不大，主要"禹生西羌、石纽"说，具体记载如下：

禹父鲧者，帝颛顼之后。鲧娶于有莘氏之女，名曰女嬉，年壮未孳，嬉于砥山，得薏苡而吞之，意若为人所感，因而妊孕，剖胁而产高密。家于西羌，地曰石纽。石纽在蜀西川也。

《吴越春秋·越王无余外传》②

（广柔）县有石纽乡，禹所生也。今夷人共营之，地方百里，不敢居牧。有罪逃野，捕之者不逼，能藏三年，不为人得，则共原之，言大禹之神所佑之也。

---

① 王嘉等撰《拾遗记·外三种》，王根林等校点，上海古籍出版社，2012，第17页。
② 《吴越春秋校注》，张觉校注，岳麓书社，2006，第154页。

《水经注·若水》①

（汶川）县南十里飞沙关，岭上里许，地平衍，名曰刳儿坪。有羌民数家，地可种植，相传圣母生禹处。有地数百步，羌民指为禹王庙，又称为启圣祠。

李锡书《汶志纪略》②

禹的出生地从"西羌"具体到"石纽"，可见人们对自身起源的关注。中华文明上下五千年，我们为其骄傲、自豪，寻根溯源不足为奇，自然后人的祭祀、敬仰也不足为奇。

如《锦里新编》（卷十四）载：

刳儿坪在石泉县南石纽山下，山绝壁山有"禹穴"二字，大径八尺，系太白书。坪下近江处，白石累累，俱有血点侵入，刮之不去。相传鲧纳有莘氏，胸臆折而生禹，石上皆有血溅（溅）之迹，土人云取石涮水，可治难产③。

禹作为中华文明始祖之一，在华夏民族心中，其出生方式更

---

① 郦道元：《水经注》，谭属春、陈爱平点校，岳麓书社，1995，第520~521页。
② 李锡书：《汶志纪略》，清嘉庆十年（1805）刻本，罗晓林、兰玉蓉、张通霞、梁萧莹注，汶川县史志编纂委员会办公室2004年重印本，第313页。
③ 张邦伸撰《锦里新编》，巴蜀书社，1984，第795~796页。

应不平凡。禹的出生方式屡有争议,有"鲧腹生禹"说、禹母"吞珠"说、禹母吞"月精"说、"禹生于石"说。

相传鲧死后,尸体三年不腐,引得天帝关注,派神灵前往察看,竟发现肚子鼓胀,遂用吴刀剖腹,禹出生。文献对此也多有记载,如《归藏·启筮》载:"鲧殛死,三岁不腐,剖之以吴刀,化为黄熊。大副之吴刀,是用生禹。"① 这是"鲧腹生禹"说的印证,对于此种说法,学界提出"习俗产翁制"的说法,认为是母系氏族社会向父系氏族社会过渡的遗留。

### 禹的婚姻

关于禹的婚姻,传闻最多为禹娶涂山氏女。文献中,对于禹的婚姻也多有记载。相传禹因治水,天赐"圣姑"为妻。禹娶妻时,治水尚未完成,故禹不得不离家前往治水,文献中对此也有记载,《尚书·益稷》:"予娶涂山,辛壬癸甲。启呱呱而泣,予弗子,惟荒度土功。"②

而《吴越春秋·越王无余外传》中的记载则更为有趣:

禹三十未娶,行到涂山,恐时之暮,失其制度,乃辞云:"吾娶也,必有应矣。"乃有九尾白狐造于禹。禹曰:"白者,吾之服

---

① 朱兴国:《三易通义》,齐鲁书社,2006,第328页。
② 曾运乾注《国学典藏 尚书》,黄曙辉校点,上海古籍出版社,2015,第36页。

也；其九尾者，王之证也。"涂山之歌曰："绥绥白狐，九尾痝痝。我家嘉夷，来宾为王。成家成室，我造彼昌。天人之际，于兹则行。明矣哉！"禹因娶涂山女，谓之女娇。取辛、壬、癸、甲，禹行。十月，女娇生子启。启生不见父，昼夕呱呱啼泣。①

## 大禹治水

文献记载，禹生于父鲧治水失败之际，禹似乎为天下而生，为治水而生。《白虎通·圣人》记载："禹耳三漏，是谓大通，兴利除害，决河疏江。"② "耳三漏"，即耳有三个孔，传为圣人之相。大禹治水，吸取鲧的教训，利用"疏"的方式，佐以"堵"的方式治水。文献记载，禹也曾用"息壤"治水。《尚书·禹贡》载："禹敷土，随山刊木，奠高山大川"③。禹治水十余载，致"股无胈，胫不生毛，颜色冻烈，手足胼胝"。其治水之德至今为后人称颂。

《国语·周语下》云：

昔共工弃此道也，虞于湛乐，淫失其身，欲壅防百川，堕高堙庳，以害天下。皇天弗福，庶民弗助，祸乱并兴，共工用灭。

---

① 赵晔《吴越春秋校注》，张觉校注，岳麓书社，2006，第 161—162 页。
② 班固：《白虎通》，湖北崇文书局光绪纪元 1875 年官刻本。
③ 曾运乾注《国学典藏·尚书》，黄曙辉校点，上海古籍出版社，2015，第 11~12 页。

其在有虞，有崇伯鲧，播其淫心，称遂共工之过，尧用殛之于羽山。其后伯禹念前之非度，釐改制量，象物天地，比类百则，仪之于民，而度之于群生，共之从孙四岳佐之，高高下下，疏川导滞，钟水丰物，封崇九山，决汩九川，陂障九泽，丰殖九薮，汩越九原，宅居九隩，合通四海。①

共工欲堵塞百川，招致民怨；鲧继承共工之法，招致身亡；禹吸取前人教训，改变治水之法，顺天意、顺民意，平定九州。大禹的高尚品格得到传统社会中统治阶层及社会各界的认可，同时也符合儒家对君子品格的界定。

《山海经·海外东经》载禹曾令竖亥测量土地：

帝命竖亥，步自东极至于西极，五亿十选九千八百步。竖亥右手把算，左手指青丘北。一曰禹令竖亥。一曰五亿十万九千八百步。②

相传竖亥步子极大，他从最东端走到最西端，共"五亿十万九千八百步"。而到《淮南子·地形训》③则载：

---

① 左丘明：《国语》，韦昭注，胡文波校，上海古籍出版社，2015，第68页。
② 方韬译注《山海经》，中华书局，2016，第250页。
③ 刘安撰《淮南子》，陈静注译，中州古籍出版社，2010，第67页。

禹乃使太章，步自东极至于西极，二亿三万三千五百里七十五步。使竖亥步至北极，至于南极，二亿三万三千五百里七十五步。凡鸿水渊薮，自三百仞以上，二亿三万三千五百五十里有九渊。

## 大禹治国平天下

相传上古时代，南方三苗蛮部落与以尧为首的部落联盟发生战争。三苗之乱祸害百姓，舜即位后，命禹征三苗。相传禹与三苗征战七十多天，最终打败三苗。

《墨子·非攻下》记载：

昔者三苗大乱，天命殛之。日妖宵出，雨血三朝，龙生庙，大哭乎市，夏冰，地坼及泉。五谷变化，民乃大振。高阳乃命（禹于）玄宫。禹亲把天之瑞令，以征有苗。四电诱祗，有神人面鸟身，若瑾以侍，扼矢有苗之祥。苗师大乱，后乃遂几。禹既已克有三苗，焉磨为山川，别物上下，卿制大极，而神明不违，天下乃静。则此禹之所以征有苗也。①

文献记载中指明"三苗"为天所不容，故派禹伐三苗。三苗

---

① 毕沅校注《国学典藏·墨子》，吴旭民校点，上海古籍出版社，2014，第83页。

固然为天不容，在当时，更多应是不同种族间的征战。

在《朝诗外传》中，则指出舜不许禹用武力伐三苗，要求以德行服三苗。当然这一说法，并非为贬禹，而是彰显舜之德。具体记载如下：

当舜之时，有苗不服，其不服者，衡山在南，岐山在北，左洞庭之波，右彭泽之水，由此险也。

以其不服，禹请伐之，而舜不许，曰："吾喻教犹未竭也。"久喻教而有苗民请服。天下闻之，皆薄禹之义而美舜之德。诗曰："载色载笑，匪怒伊教。"舜之谓也。问曰："然则禹之德不及舜乎？"曰："非然也。禹之所以请伐者，欲彰舜之德也。故善则称君，过则称己，臣下之义也。"①

禹在治水过程中，走遍名山大川。治水成功后，禹平定九州，统一天下。相传禹统一天下后，百姓安居乐业，整个天下呈现欣欣向荣之态。禹想起以往黄帝功成铸鼎，遂决意铸鼎。九鼎象征九州，是权力的象征。

《拾遗记》（卷二）载：

禹铸九鼎，五者以应阳法，四者以象阴数。使工师以雌金为

---

① 晨风、刘永平编译《韩诗外传选译》，书目文献出版社，1986，第219~220页。

阴鼎，以雄金为阳鼎。鼎中常满，以占气象之休否。当夏桀之世，鼎水忽沸。及周将末，九鼎咸震：皆应灭亡之兆。后世圣人，因禹之迹，代代铸鼎焉①。

到后世，九鼎成为王权的象征。春秋战国时期，天下分离，诸侯为争鼎曾闹过不少笑话，可见鼎在当时社会的重要性。

《左传·宣公三年》记载：

楚子伐陆浑之戎，遂至于洛，观兵于周疆。定王使王孙满劳楚子。楚子问鼎之大小轻重焉。对曰："在德不在鼎。昔夏之方有德也，远方图物，贡金九牧，铸鼎象物，百物而为之备，使民知神、奸。故民入川泽山林，不逢不若。螭魅罔两，莫能逢之，用能协于上下以承天休。桀有昏德，鼎迁于商，载祀六百。商纣暴虐，鼎迁于周。德之休明，虽小，重也。其奸回昏乱，虽大，轻也。天祚明德，有所厎止。成王定鼎于郏鄏，卜世三十，卜年七百，天所命也。周德虽衰，天命未改，鼎之轻重，未可问也"②。

《荀子·大略》载："禹学于西王国。"③荀子此篇着重讲礼制重要性。他指出尧舜禹三代都曾向别人学习礼制，故而统治

---

① 王嘉等撰《拾遗记·外三种》，王根林等校点，上海古籍出版社，2012，第17页。
② 左丘明：《左传》，岳麓书社，1988，第106页。
③ 方达评注《荀子》，商务印书馆，2016，第470页。

天下便不在话下。《孟子·公孙丑上》载:"禹闻善言则拜。"①相传昔日禹于会稽山会群神,防风氏后至,引来禹的不满,遂杀之。相传防风氏为巨人族,身长三丈。《会稽郡故书杂集》辑《贺循会稽记》记载:"防风氏身长三丈,刑者不及,乃筑高塘临之,故曰刑塘。"②这场刑杀标志着夏禹统治时代"贡赋制度"的完备。而对防风氏身高的记载,有"骨节专车"一说,具体如下:

> 吴伐越,堕会稽,获骨焉,节专车。吴子使来好聘,且问之仲尼曰:"无以吾命宾,发币于大夫及仲尼。"仲尼爵之。既彻俎而宴,客执骨而问曰:"敢问骨何为大?"仲尼曰:"丘闻之:昔禹致群神于会稽之山,防风氏后至,禹杀而戮之,其骨节专车,此为大矣。"
>
> 《国语·鲁语下》③

> 吴伐越,堕会稽,得骨,节专车。吴使使问仲尼:"骨何者最大?"仲尼曰:"禹致群神于会稽山,防风氏后至,禹杀而戮之,其节专车,此为大矣。"
>
> 《史记·孔子世家》④

---

① 万丽华、蓝旭译注《孟子》,中华书局,2006,第72页。
② 李新宇、周海婴主编《鲁迅大全集21·学术编1913-1915》,长江文艺出版社,2011,第396页。
③ 左丘明:《国语》,韦昭注,胡文波校,上海古籍出版社,2015,第141页。
④ 司马迁:《史记》,线装书局,2006,第232页。

在吴越一带,有祭祀防风氏的习俗。《述异记》(卷上)载:"今吴越间防风庙土木作其形,龙首牛耳,连眉一目。昔禹会涂山,执玉帛者万国。防风氏后至,禹诛之,其长三丈,其骨头专车。今南中有姓防风氏,即其后也,皆长大。越俗,祭防风神,奏防风古乐,截竹长之三尺,吹之如嘷,三人披发而舞"①。有传言认为防风氏是治水大英雄,被禹错杀。

## 禹杀共工

相传共工有臣相柳,"九首蛇身",常常危害民众,禹遂杀之。《山海经·大荒北经》记载:"共工臣名曰相繇,九首蛇身,自环,食于九土。其所歍所尼,即为源泽,不辛乃苦,百兽莫能处。禹堙洪水,杀相繇。其血腥臭,不可生谷。其地多水,不可居也。禹堙之,三仞三沮。乃以为池,群帝是因以为台。在昆仑之北。"② 传言相繇的血奇臭,流经地不可植五谷,不可建住所。

共工在中国神话中被尊为"水神",他掌管天下诸水。相传共工与火神祝融大战,触碰不周山,致东南地区坍塌,招来洪水。在大禹治水神话中,共工形象并不好,常常为非作歹,不被民众喜爱。

---

① 任昉撰:《述异记》,湖北崇文书局开雕,1875,第2页。
② 方韬译注《山海经》,中华书局,2016,第333页。

《淮南子·本经训》载：

舜之时，共工振滔洪水，以薄空桑。龙门未开，吕梁未发，江淮通流，四海溟涬。民皆上丘陵，赴树木。舜乃使禹疏三江五湖，辟伊阙，导廛涧，平通沟陆，流注东海。洪水漏，九州干，万民皆宁其性，是以称尧舜以为圣[①]。

## 大禹锁蛟

龙在大禹治水神话传说中屡屡出现，《楚辞·天问》载："应龙何画，河海何历？"[②] 王逸注："禹治洪水时，有神龙以尾画地，导水所注当决者，因而治之也。"[③] 应龙，相传为上古神话中的有翼龙，曾助黄帝斩蚩尤。大禹治水成功，也有其功劳。在《拾遗记》卷二中，记载则更为详细：

禹尽力沟洫，导川夷岳，黄龙曳尾于前，玄龟负青泥于后。玄龟，河精之使者也。龟颔下有印，文皆古篆，字作九州山川之字。禹所穿凿之处，皆以青泥记其所，使玄龟印其上。今人聚土为界，此之遗象也[④]。

---

① 刘安撰《淮南子》，陈静注译，中州古籍出版社，2010，第126页。
② 冀昀主编《先秦元典·楚辞》，线装书局，2007，第68页。
③ 同上书第70页。
④ 王嘉等撰《拾遗记·外三种》，王根林等校点，上海古籍出版社，2012，第17~18页。

治水是一项艰巨任务,古往今来,不知发生多少次洪水。在大禹治水神话传说中,其艰难险阻被具象化,"黄龙"便是其中一种。

《淮南子·精神篇》记载:

禹南省方,济于江,黄龙负舟。舟中之人五色无主。禹乃熙笑而称曰:"我受命于天,竭力而劳万民。生,寄也;死,归也。何足以滑合!"视龙犹蝘蜓,颜色不变。龙乃弭耳掉尾而逃。①

黄龙"负舟",令一船人失色,禹却坦然面对生死,遂吓跑黄龙。禹这种坦然自若的心态令人叹服。

相传巫支祈出自淮水,一说为水怪,一说为水神。文献中关于禹锁巫支祈的记载多是后人引述的。具体记载如下:

唐贞元丁丑岁,陇西李公佐泛潇湘苍梧,偶遇征南从事弘农杨衡泊舟古岸,淹留佛寺,江空月浮,微异话奇。杨告公佐云:永泰中,李汤任楚州刺史,时有渔人,夜钓于龟山之下,其钓因物所制,不复出。渔者健水,疾沉于下五十丈。见大铁锁,盘绕山足,寻不知极,遂告汤。汤命渔人及能水者数十,获其锁,

---

① 刘安撰《淮南子》,陈静注译,中州古籍出版社,2010,第115页。

力莫能制。加以牛五十余头，锁乃振动，稍稍就岸。时无风涛，惊浪翻涌，观者大骇。锁之末，见一兽，状有如猿，白首长鬐，雪牙金爪，阔然上岸，高五丈许。蹲踞之状若猿猴，但两目不能开，兀若昏昧。目鼻水流如泉，涎沫腥秽，人不可近。久乃引颈伸欠，双目忽开，光彩若电。顾视人焉，欲发狂怒。观者奔走，兽亦徐徐引锁，拽牛入水去，竟不复出。时楚多知名士，与汤相顾愕栗，不知其由。尔时乃渔者知锁所，其兽竟不复见。公佐至元和八年冬，自常州饯送给事中孟简至朱方，廉使薛公苹馆待礼备。时扶风马植、范阳卢简能、河东裴蘧，皆同馆之，环炉会语终夕焉。公佐复说前事，如杨所言。至九年春，公佐访古东吴，从太守元公锡泛洞庭，登包山，宿道者周焦君庐。入灵洞，探仙书，石穴间得《古岳渎经》第八卷，文字古奇，编次蠹毁，不能解。公佐与焦君共详读之：禹理水，三至桐柏山，惊风走雷，石号木鸣；五伯拥川，天老肃兵，（功）不能兴。禹怒，召集百灵，搜命夔、龙。桐柏千君长稽首请命，禹因囚鸿蒙氏、章商氏、兜卢氏、犁娄氏。乃获淮涡水神，名巫支祈，善应对言语，辨江淮之浅深，原隰之远近。形若猿猴，缩鼻高额，青躯白首，金目雪牙，颈伸百尺，力逾九象，搏击腾踔疾奔，轻利倏忽，闻视不可久。禹授之章律，不能制；授之乌木由，不能制；授之庚辰，能制。鸱脾桓木魅水灵山妖石怪，奔号聚绕，以数十载，庚辰以战逐去。颈锁大索，鼻穿金铃，徙淮阴之龟山之足下，俾淮水永安流注海也。庚辰之后，皆图此形者，免淮涛风雨之难。

即李汤之见,与杨衡之说,与《岳渎经》符矣。

《太平广记》①卷四六七"李汤"条引《戎幕闲谈》

楚州有渔人,忽于淮中钓得古铁锁,挽之不绝,以告官。刺史李阳大集人力引之。锁穷,有青猕猴跃出水,复没而逝。后有验《山海经》云:"水兽好为害,禹锁于军山之下,其名曰巫支祈。"

《唐国史补》②卷上

传言,禹在治水过程中,曾受河伯指点,得河图。文献中关于此类记载较多,对河伯的描述也多为"长人鱼",具体记载如下:

昔夏禹观河,见长人鱼身出,曰:"吾河精",岂(盖)河伯也。

《博物志·异闻》③

洮水又东径临洮县故城北。禹治洪水,西至洮水之上,见长人受黑玉书于斯水上。

《水经注·河水》④

---

① 李昉等编《太平广记》,中华书局,1961,第 3845~3846 页。
② 李肇等撰《唐国史补·因话录》,上海古籍出版社,1979,第 23 页。
③ 张华:《博物志》,上海古籍出版社,1990,第 26 页。
④ 郦道元:《水经注》,谭属春、陈爱平点校,岳麓书社,1995,第 25 页。

## （二）古迹

"景观具有重要的叙事功能，它以景观建筑为核心。由传说图像、雕塑、文字介绍、导游口述等为叙事元素，景观的视觉冲击力具有诱发传说再次回复口述的可能，从而使得景观成为传说讲述与传承的新的文化空间与叙事形态，形成传说语言叙事、景观叙事和仪式行为叙事三位一体的景观叙事体系。"各地的大禹祠庙与风物形成了一个神话景观的整体，围绕景观产生的叙事有可能是神圣的叙事，亦可能是世俗的传说。

### 大禹传说与地域认同

**大禹推山泄洪**

传说大禹打开轘辕关后，要去开凿龙门口。前去治水时，儿子启还小，就对启的姨娘涂山姚说，他五年后才能回来，希望她能照顾好启。涂山姚答应了禹的请求。

五年很快过去，儿子渐渐长大，每天缠着涂山姚要爹爹。一天，涂山姚听说龙门口打开了，大禹已经回到太室山下，就高兴地抱着启说："你爹回来了，咱们接他去。"

涂山姚抱着启爬上崖头，站在高处朝北望。这时，对面山头忽然传来轰隆一声，半个山头倒下去。就在这山头倒下的地方，出现了一只熊掌，竖着五个手指头。从龙门口流来的滚滚洪水，顺着这倒下的山头，流了过去。

原来龙门口被凿开后，大禹就乘木筏，顺水而下沿途察看水情。到了少室山，看到水又被堵了回来，摇身一变，变成大熊，伸开巴掌用尽全力推倒了半边山头。他的手还没来得及收回，就看见对面马头崖上站着涂山姚和儿子启。大禹心头一惊，仔细看了看涂山姚的表情，发现她并没察觉是自己，只是看见了熊掌。心里不由得后怕，心想还好她没看见，不然又像涂山娇那样可怎么办。大禹急忙恢复人形，将熊掌留在山上。①

**大禹治巫山之水**

远古时期，洪水大爆发，淹没了周围田地、村庄，百姓苦不堪言。大禹在回家途中，听说巫山发了大水，就改道去了巫山。夏禹本以为人到了以后，就能开山凿水道。哪知这里的山又高又险，水势非常凶猛。夏禹很着急，想着人力毕竟有限，不如再变

---

① 《中国民间故事集成》全国编辑委员会，《中国民间故事集成·河南卷》编辑委员会：《中国民间故事集成·河南卷》，中国ISBN中心，2011，第46页。

一次熊。他站在山顶上，摇身一变，变成了一只黄熊，随即"扑通"一声，跳入水中。

黄熊在水中对着大山拱来拱去，鼻子和嘴巴都拱出了血，可山却岿然不动，水也没有任何减少的趋势。大禹急坏了，他想，我再找个帮手和我一起做，看能不能挖出一条水道来。他跳上岸，高声喊叫，把他的得力伙伴黄牛叫来。黄牛一见水势严重，"扑通"一声跳下水去，用双角奋力触山，顶了很长时间，角都弯了，却不见山有什么变化。大禹在岸上看着这种情况，也很发愁，他知道黄牛力气大，就对黄牛说："你再等等，我下去和你一起，看能不能推倒这山。"只见一头黄熊"扑通"跳入水中，他和黄牛一起站到山前，一个用力拱，一个用力顶，使尽全身力气，都不见山有任何动静。

大禹跳上岸，变回原来模样，失望地坐在山顶，对着洪水叹气。

天上的神女瑶姬站在云中，看到这样的情景，明白大禹无法凿山的原因，于是派黄魔、虞余、狂章、大翳、庚辰、童律六位侍臣前去帮助大禹治水。

原来，这瑶姬本是天界西王母与东王公的小女儿，从小聪明伶俐，又喜好游玩。西王母对此也很无奈，就将她送到三元仙君紫清阙那儿学仙术。瑶姬学会仙术后，西王母封她做了云华上宫夫人，让她主管教导仙童玉女的事情。瑶姬将仙术授予仙童玉女后，就与侍臣一道出宫游玩去了。瑶姬貌美，且又是天上神女，很多人喜欢她。路过东海的时候，龙王看瑶姬长得美，就向她求婚，瑶姬拒绝了。瑶姬离开东海，前往巫山。他们飞过千山万水，来到巫山上空，看见十二条蛟龙，张牙舞爪地在天空嬉戏，搅得天昏地暗，人间百姓苦不堪言。瑶姬看到非常生气，她按下云头，用手一指，天空响起阵阵惊雷，将十二条蛟龙打下天空。

不到一会儿，天朗气清，人间有了暂时的平静。十二条蛟龙的尸体跌到河里，堵住了长江水道，堆成了崇山峻岭。

再说这六位侍臣下界后，迅速施展仙术，召来天兵天将，用雷炸山石，用电推泥沙，用火烧海草。夏禹率领百姓，挖石掏沟，花了很长时间，终于将三峡的河道凿成，洪水沿着河道，畅流而去。

水患治理成功后，六位侍臣将要离去。在离去前，黄魔告诉大禹，是神女瑶姬派他们来的。大禹便跑上巫山，准备找神女致谢，也想看看瑶姬的真容。

神女明白夏禹的意思，趁他上巫山的时候，化成青石，立在夏禹面前。夏禹找了好几遍，也没找到。青石忽又化为青烟，飞到上空，凝成一片云，罩在夏禹头顶，夏禹左右翻看，还是没找到。青云变成细雨，一丝丝落在夏禹周围。夏禹只觉奇怪，却也没多想。细雨又化为游龙，旋舞在巫山顶，又化为白鹤。夏禹没找到，心里不耐烦了，便问童律："这是一个狡猾的女人吧？"童律笑了笑，说："是你自己不懂，世间一切变化无常，并不是一成不变。你没发现青石、青烟、青云、细雨、游龙、白鹤，这都是她变的？"夏禹听后，暗中感叹果真是神女，越发恭敬起来，问道："那她现如今在何处？"童律向顶峰一指："远在天边，近在眼前。"夏禹抬头看去，发现刚才还光溜溜的山顶，突然冒出一座宫殿，他跟着童律向宫殿走去。进入殿内，只见神女坐在正中间的宝座上，青龙白虎侍立一旁，大禹赶紧向她拜谢。神女请夏禹坐下，诚恳地说道："你治水有功，本该经验丰富。但你还需明白天地间万事万物变化无穷的道理，譬如渡海需用船，走旱路需用车，走山路可用轿，只有这样，才不会受困、受淹。"说完，又叫来容华侍女，取来红包箱，取出一部黄绫宝卷，递给夏禹，说道："这宝书记载了各种知识以及一些驱逐虎豹、制服蛟龙的方法。另外，我将庚辰、虞余再派给你，帮助你治水。"

夏禹接过宝卷，翻开看了看，果真是好书，他谢过神女后，便与庚辰、虞余下山去了。回去后，夏禹与两位侍臣率领百姓制造了船、楫、车、轿。又过了许多年，他率众人疏通九河，而神女则永远留在了巫山。

**大禹斧劈石门**

获泽，又名凤凰城，也就是今天的阳城县。古时候的阳城县只是一个大土丘，现在这个城市的形成，与大禹有关。

很早以前，县城以南有一片六七里宽的大湖。湖的南边是平滩，平滩上有个小村庄，叫酒家岛。西边的土堆上也有一个小村庄，叫甄家岛。每当天晴的时候，这里景色宜人、风光秀丽。一到下雨天，洪水涌入湖里，湖水上涨，就会淹没附近的村庄，淹没整个凤凰城，无数的人畜都被淹死，百姓为此痛苦不堪。

有一天，雨又下个不停。大禹来到获泽城，还没进城，就听到哭声一片，进去一看，吓了一跳，凤凰城变成了水城，到处漂浮着人畜的尸体。大禹心想：这样可不行，我得为百姓治治水害。于是，他带好干粮、白酒，手拿神斧，来到湖周边，来回观看这附近的山头。最后上到小崦山，才看清西边的山中间青石相连，挡住了洪水的去路。寻到解决方法后，大禹心想：这可是个耗力气的活，得多吃点。于是，他吃了几十个馍，又喝了几十罐酒，举起神斧，对准连石山，一斧下去，劈出了一条五尺宽的水道。接着，又来到南边山崖上，对准连石山，一斧子下去，又劈出一条五尺宽的水道。大禹抹了把汗，脱掉衣服，跳到山边崖头，第三斧下去，连山石被劈开了五尺宽。最后，形成一个大石门，宽一丈五，洪水顺着大石门流了出去。三天三夜以后，洪水流尽，平滩和村庄恢复了原来的景象，老百姓都很高兴，重新起房盖屋，开荒种地。自此，下雨天，人们再也不发愁，真正过上了安居乐业的生活。

获泽人为纪念大禹的恩德，就在大石门的石崖上刻了"大禹神斧劈石门"七个大字，又在小崦山上修建了禹王庙，逢年过节，人们都要前往拜祭。①

---

① 《中国民间文学集成》全国编辑委员会，《中国民间故事集成·山西卷》编辑委员会：《中国民间故事集成·山西卷》，中国ISBN中心，1999，第46—47页。为了便于阅读，对原文中一些表述做了改动，特此说明。

禹凿龙门

相传大禹治水过程中，来到龙门山，发现其地形险恶，虽苦思仍不得其法，后受人指点，方凿山成功。在《拾遗记》（卷二）中也载明禹确实受人帮助，却不是传说中的老人，而是受"羲皇"指点，且授禹"玉简"，用作丈量土地。文献记载如下：

禹凿龙关之山，亦谓之龙门。至一空岩，深数十里，幽暗不可复行，禹乃负火而进。有兽状如豕，衔夜明之珠，其光如烛。又有青犬，行吠于前。禹计可十里，迷于昼夜。既觉渐明，见向来豕犬变为人形，皆著玄衣。又见一神，蛇身人面。禹因与语。神即示禹八卦之图，列于金版之上。又有八神侍侧。禹曰："华胥生圣子，是汝耶？"答曰："华胥是九河神女，以生余也。"乃探玉简授禹，长一尺二寸，以合十二时之数，使量度天地。禹即执持此简，以平定水土。蛇身之神，即羲皇也。①

至今，"龙门"地区仍流传此类传说。为纪念大禹治水，当地（山西龙门村）每年在固定时间举办祭祀活动。与龙门相关的大禹治水传说还有很多，比如：

---

① 王嘉等撰《拾遗记·外三种》，王根林等校点，上海古籍出版社，2012，第18页。

**山神相助**

禹是一位巨人,他身材魁伟,像一座高山,头戴斗笠像峰顶。他人大、手大、力气大,一步能跨二里半,人称"大禹"。

大禹带领百姓挑走积石山的乱石,疏通河道,经历千难万险,终于来到龙门山。龙门山高耸于河中间,挡住了河水。大禹登上山顶,就看到父亲鲧开凿河道时留下的痕迹,又看到无边无际的洪水淹没了山脚下的农田,他心痛不已,决心凿开龙门,让河水顺流而下。

大禹一声令下,臣民纷纷落斧,齐心协力开凿龙门。大禹总是干得最多,辛苦一天,好不容易凿开一条口子。谁知第二天,却看到缺口消失了,山还是原样。大家气坏了,决心继续挖,看明天是否依旧如此。过了一夜,缺口再次消失,一连几天,一直如此。众人疑惑,不知是怎么回事。

这天大禹刚回到住所,就看见一位黄袍老人。大禹向老人深鞠一躬,急忙询问自己的疑惑。老人向脚下一指,道:"此山名龙门山。"老人把龙字咬得特别重,大禹顿悟,原来这阻碍黄河入海的居然是条大龙。大禹再要拜谢,老人却不见了踪影。大禹这才恍然大悟,原来是山神爷帮助了自己。①

---

① 荣斌,徐世典:《中国历史文化名城》,山东友谊出版社,1996,第1600页。原故事名为《禹凿龙门》,这里为与上一个故事相区分,改为《山神相助》,纳入禹凿龙门这个情节单元之中。特此说明。

### 老人相助

大禹治水好几年，却依旧没成功，他日夜思索着治水的办法，可一直没个头绪。

一天，大禹站在一座山上，望着南门口的洪水发呆，忽听不远处有人唱道："打开龙门口啊，旱坏那吕梁江哪。"大禹近前一看，竟是个砍柴的老头。大禹问道："老伯，您方才唱的是什么意思？"老头摘下草帽，扇着风说："我是笑大禹没能耐，他治水治了好些年，都没治出个样子来。"大禹听完，很惭愧，虚心向老人寻求治水之法。老头捋着胡须说："要我说，这治水，只有疏导才行。要是能把这座山打开，我不信洪水不退。可惜我年事已高，做不得这些了。"说完，老头化作一阵清风不见了，地上却留了一把斧头。大禹目光在山与斧头之间转动着，忽地下了决心："我定要打开此山，不然洪水不退，百姓可怎么办？"说罢，抡起大斧，使劲劈了下去。只听轰隆一声，山被劈成两半，洪水顺着山口流去，没多久，山南的洪水渐渐退去。①

### 龙宫阻道

黄河流到河津附近，有个河道窄的地方叫龙门。龙门又叫禹门口，相传是大禹开凿的。

---

① 《中国民间故事集成》全国编辑委员会，《中国民间故事集成·河南卷》编辑委员会《中国民间故事集成·河南卷》，中国ISBN中心，2001，第50页。为了便于阅读，对原文中一些表述做了改动，特此说明。

大禹治理黄河水患到了山西，见龙门山拦住了黄河水流的去路。大禹四处巡视下，察看龙门山地形。他发现山北坡较为平缓，南坡相对较高，山脚下是幽深的山谷，向南根本望不到头。大禹想："要不把龙门山从中间凿开，黄河水就可以顺南坡流下，再顺山谷向南流。"

但究竟从中间哪儿下手，大禹无法裁决。某天大禹在北坡巡视，发现了一个一人高的山洞，向里一望，还挺深。他想，不如就从此处着手，还能省不少力气。

第二天一早，大禹手拿石斧与凿子开工了。叮叮当当，三四天工夫，大禹就凿了几丈深。大禹看着自己的成果，心情十分愉悦，干得更有劲儿了。这天，大禹正要开工，觉得脚底晃了一下。大禹忙往下看，石头颤动得厉害，他刚闪向一旁，石头轰隆一声砸了下去。待山洞停止晃动，他眼前却出现了一个极深的洞。

洞里黑乎乎的，大禹点了火把就往洞里走去，想着看看这洞有多深。走着走着，火把忽地熄灭了，却见前边闪闪发光，五颜六色，晃眼极了。大禹只得眯着眼，近旁一看，却是一只鱼样怪物，嘴里噙着夜明珠，卧在一旁。再一看，那怪物忽地站了起来，抖抖身，就往前跑。

怪物一跑，大禹赶忙追了过去。追着追着，却看见前方出现了亮光，怪物也不见了。大禹走出山洞，只见一大片空地，四周环山，中间有一潭清水。大禹围着潭水转了一圈，却不知道自己身在何地。这时，潭水中冒出一片水花，随着水花，拱出一条小白龙。大禹治水,走南闯北,见识广泛,看见小白龙也丝毫不意外,只是看着小白龙,张口问道:"你是谁?"

小白龙道:"我是东海龙王的小孙子。这水下是我刚修的龙宫,还没住多久,你就叮当个不停。我只得派遣鱼怪将你请来,问问缘由。"大禹一听,说:"洪水横流,龙门山占了河道,我要凿通此山,引过黄河水。"小白龙听罢,这还了得,很不高兴,怒气冲冲:"你换个地方凿吧。"

大禹没回话,寻思着这山估计也没多厚了,就要被凿通。只要把山石一打透,黄河水从洞中流过来,就可以过了龙门山,这岂不是省时又省力?大禹又见小白龙还瞪着自己,不客气道:"小白龙,我这任务繁重,关乎天下苍生,还是你换个地方吧。"

小白龙见大禹不肯换地方,更生气了,吼道:"我让山神爷把山长得厚厚的,看你如何?"说完,小白龙一缩脖子,钻回了水底。大禹吓坏了,如果山石真长厚了,这可就不好办啦。他一咬牙,转过身去,在地上一滚,变成了几十丈高的大熊。大熊坐在地上,用尽平生力气,向南边的山壁撞去。接连撞了四五下,轰隆一声,山壁被撞塌,开了一个大口子,下边是十几丈的深渊,正是那条幽深的山谷。大熊转过身子,又朝来时的山谷撞去。此时,山洞崩开,黄河水就向那里奔流而去,撞出了大山口,向山谷落去,溅起几丈高的水花,形成了瀑布,整个山谷水雾缭绕。黄河水汹涌澎湃,向南流去。

大禹化熊撞山,累得筋疲力尽。他一步步挪到山口南边的半山腰里,手脚一伸,就睡着了。睡了九九八十一天,后来,人们在禹睡觉的地方盖起了禹王庙。①

**大禹劈峡谷**

在山西吉县、河津一带黄河河道,有一段险峻狭窄的峡谷,被称作"百里峡谷",因与龙门相连,又称"龙门峡谷"。这里也流传着一段有关大禹治水的传说。

话说盘古氏开天辟地后,伏羲女娲在黄河东边的人祖山造人。造人时,女娲随手丢掉了一块由肉变成的小龙,称小龙是"人种"。小龙吸取日月之光辉,吸纳天地之灵气,最终长成了一条大龙。这条龙狂妄自大,只因当初女娲将其丢掉,便恨上了人类,它自称皇(黄)龙,一心要与轩辕氏争天下。黄龙倒行逆施,危害百姓。轩辕氏只得与黄龙作战,最终黄龙战败,轩辕氏怕它逃跑,命人将其压在黄龙山下,而且在黄龙山背上贴了太上老君做的法符,彻底制服了黄龙。

有一天,天西北角塌了一个窟窿,女娲炼石补天,补到最后还缺一块石头,随手从黄龙山下抓取石块补上。天补好了,可黄龙山的法符却被女娲撕裂,黄龙重获自由。黄龙被压数百年,非但不悔改,对人类的怨气变得更大。它摆动尾巴,搅得地动山摇,河水漫流,又召唤雨水,大雨整整下了四十九天。人间洪水泛滥,

---

① 浙江文艺出版社编著《不见黄河心不死——黄河传说故事》,浙江文艺出版社,2013,第18~21页。为了便于阅读,对原文中一些表述做了改动。特此说明。

百姓苦不堪言。眼看就要淹没平阳，尧王很着急，召集众臣，商议派谁治水。大臣都纷纷推举禹。大禹接受父亲鲧治水的教训，身先士卒，因势利导，用九年的时间疏通了九百九十九条河道。到黄河中流段，有一段河道怎么也无法疏通，禹只得亲临查看地形。到那儿一看，原来是一座大山挡住了河道。大禹率领民众日夜凿山，白天挖一尺，夜晚挖一丈，但大山始终没有变化。禹很惊奇，仔细察看，居然是黄龙作怪。禹很发愁，晚上觉也睡不安稳。一天晚上，禹迷迷糊糊打了个盹儿，梦见盘古大神赐予他一把开山斧。梦醒后，发现手中抓着一把开山斧。禹来到山前，举起开山斧，劈向大山，砍掉了黄龙的尾巴，黄龙再也无法摆动尾巴，洪水顺着劈开的口子流了出来，形成现在的"壶口"。慢慢地又形成了"百里峡谷"，俗称"大禹斧劈峡谷"。①

**河精灵石**

在山西晋中市最南端太岳、吕梁两大山脉的交汇处有一个灵石县。灵石县的来历，与大禹治水有关。

传说当年大禹治黄河水时，常常在山中行走，以便了解地形。某日，他步行来到秦晋峡谷，看到吕梁山前洪水积聚不前，都快要漫山而去。又往南边看去，发现是几座大山横挡于前。继续走动，到人祖山前，看到伏羲、女娲庙，不由得上前祈祷，愿治水成功。

---

① 常松木：《登封大禹神话传说》，河南文艺出版社，2014，第174页。

走回的过程中,不断思索着该如何治水。回到吕梁山前,禹望着洪水,思索着该怎么办。忽然前方水流波动,从水中突然跃出一人,白脸鱼身,长发飘飘。禹吓了一跳,内心又很好奇,就上前询问,方知对方是这片水泽的管理者,人称"河伯",自称"九天玄女"。九天玄女手握滑石,看了大禹半晌,将石头递给大禹,说:"这是'河精灵石'。"石头上图纹复杂,禹看了一会儿,认出此为河图。九天玄女待禹看罢,又拿出一块玉简递给大禹,道:"这是人祖派我送来的,能帮到你。"说罢,不等大禹反应,很快在水中消失了。禹又看了看玉简,方知此为度量天地之物。禹依河图治水,用玉简作量尺,开孟门、龙门、三门诸峡谷,很快就成功地治理了洪水。治完黄河水后,禹将"河精灵石"向天一抛,就离开了。这块灵石被禹一掷,落在了灵石县,灵石县因此"灵石"而得名。然而,在吕梁山出现了不少石山,这些石山状如楼,此地即名石楼县。①

**壶口瀑布**

黄河流到吉县附近,有壶口瀑布闻名于世,旁边是孟门山,下边是万宝石门山,再往下是龙门山。古时,黄河水在孟门山受到阻碍,河水四处蔓延,积水不下,都快要漫过吕梁山。禹治水到此,仔细勘察地形,认为需凿山开口。禹步行山下,疲惫不堪,就顺势躺倒在石崖上,一闭眼就睡着了,梦里见到个开天辟地的

---

① 张瀚墨:《中国神话故事》,中国少年儿童出版社,2015,第132页。

神人，神人了解他的情况后，送给他一条手臂和一把斧。在梦里，他借这条手臂和这把斧头凿山成功，高兴不已。结果一醒来发现自己仍躺在地上，暗暗咋舌，原来是个梦。大禹继续凿山，一天下来，只觉着浑身是劲，尤其臂力增加了不少，他的臂膀一伸，就能够将山移走。大禹刚想着凿山，手里就出现一把石斧，与梦里的一模一样。于是，他用石斧凿出一条槽，将河水从两崖全部注入，名曰壶口。大禹心想，真是神了，梦居然成了现实，肯定是有神仙助我，便在心里道谢。黄河水流经壶口的孟门山、石门山、龙门山，悬流三级浪，就是经过这三座山，河水往下流时激起滔天怒浪，而名之曰：禹门三级浪，平地一声雷。

**砥柱峡谷**

砥柱峡谷处于黄河三门峡河段。相传大禹治理黄河水患时，在中条山西南脚下遇见一老头。老头坐在一块大石头上，跟前有一匹大红马。大禹远远瞅见老头，觉得奇怪，按理说洪水这么大，附近都没人了，这老头怎么不走，随即上前询问。老头说自己是"赤神"烈山氏的后代。大禹内心惊奇，慌忙向老人家行礼，又问老人家附近路况。老人家看了看大禹，半晌没吭声。大禹心里奇怪，也不好催，就耐心等着。老人家暗暗观察大禹的神情，见他没有丝毫不情愿，才说："我瞧你整个人累坏了，身体瘦弱，还有那么多伤口。看你如此辛劳，今天，我就将这匹'天马行空'的神马送予你吧。你骑上它，安心地去治水。"说完，不等大禹回话就走，转眼就不见了身影。

  大禹向老人家消失的地方，鞠了一躬，骑上马，往东边去了。到砥柱山时，他却怎么也过不去。大禹心里着急，祈求神马飞高一点，让他看清楚砥柱山的地形。大红马飞到砥柱山石上，转来转去，禹在马背上将下面的情形看了个清楚。大红马不停跳跃，将马蹄印在山石上，马脖子还在砥柱山边上撞出一个洞。禹观察完地形，就率领民众开凿砥柱山。他告诉众人，要使水流过去，需先将西边的石柱峰削成圆形石柱，随后在砥柱山峰凿出三个口，让河水奔流而下。最后，将挡水的孤峰铲为平地，大水顺流而下，再没了阻碍。河流到"金门""三堆""天柱"这三座峰时，又被阻了去路，大禹只得率领民众继续凿山，令黄河水绕过三峰，顺流而下。水势湍急，到石滩、闵流又受到阻碍，禹只得继续疏通，河水向东流去。大禹骑的飞马在崖壁石上用马蹄刨出不少泉水，供民众使用，被称为"马刨泉"。后人称此峡为"三门峡"，当黄河东折流到三门峡时，有砥柱石立其中，虽历经多年，但依旧岿然不动，不畏河水冲击，故素有"中流砥柱"之称。①

## 大禹遗迹与历史记忆

  山西省大禹遗迹主要集中在临汾、运城、忻州、吕梁等地区，

---

① 刘训华：《大禹文化学概论》，武汉大学出版社，2012，第92~93页。

分布情况如下：

临汾尧都区有尧庙，内有禹王祠。尧庙又称三圣祠，祀尧、舜、禹三帝。临汾的吉县、浮山县、襄汾县、古县均有大禹遗迹。

山西省柳林县黄河东岸的孟门镇就是大禹治水的四项重点工程①之一孟门的所在地。大禹治水在定湖西南劈开蛟龙壁，谓之孟门也。黄河蛟龙壁遗址，位于山西省柳林县孟门镇孟门村南至小河沟一带的黄河岸边，为悬崖峭壁。经专家实地考察②，尚留有大禹治水时凿过的痕迹。大禹治水前，因今孟门西南石壁如蛟龙横卧黄河水中，将其东西两岸石山连接成一个天然的黄河大石坝，挡住黄河去路而形成湖海，有所谓"定湖"之称。若遇淫雨，"洪水滔天，浩浩怀山襄陵"，"大溢逆流，无有丘陵高阜"，故称"蛟龙壁"。

"据文献记载和专家考证，柳林孟门是大禹治水第一门户，这里还保留着传说是大禹当年指挥治水时，因长期伫立于此而留下深深脚印的'禹王石'。也有专家认为，所谓孟门之名，涵盖今柳林孟门至河津龙门黄河段的河道两侧，柳林孟门乃其北起，河津龙门是其南止。而柳林县的孟门又位于此段黄河的上游，故称作黄河第一门——孟门。"③

---

① 龙门、吕梁、孟门和壶口。
② 国际考古专家白礼昌考察孟门得出结论：大禹治水凿开黄河蛟龙石壁第一门在今柳林孟门。山西省社科院研究员孟繁仁主编论文专著《孟门天下黄河第一门》一书。
③ 《禹凿孟门》，《文史月刊》2018 年 11 期。

山西省运城市平陆县的黄河三门峡石岛,古称砥柱,亦称禹迹,唐太宗李世民有诗赞颂。此外,茅津村里建有禹王庙。三门村旁有米汤沟,相传是大禹治水时,禹妻送饭因撒红豆米汤得名,村南山亦有禹王庙。

河津市龙门村地处河津市西北隅,西傍滔滔黄河,东有遮马峪涧水,北依吕梁山脉,南接清涧湾,境内有秦晋交通要塞禹门口。古人称之曰"禹门(即龙门口)三激浪,平地一声雷"。相传每至农历春三月,鲤鱼逆水而上,游至此处,跌入其门者可化为龙,故称"龙门"。相传大禹导河积石,疏浚梁山,开凿龙门,遂令黄河至此夺峡而出,一泻千里。后人为了纪念大禹治水之功,因而尊龙门为"禹门口"。

关于龙门还有一个错开河的传说。大禹治理洪水期间,河道开凿到离龙门山口时遇到了两条山谷交叉口,向东的山谷岩石坚硬,开凿困难,向西南的山谷深,石头软,开凿起来比较省力。于是工程队选择向西南开凿。人们拿起工具,夜以继日不停地工作,山谷中铁器的叮当声响彻天际。一天正午,一只黑色的大雕从东面飞来,在工地的上空盘旋不止。大雕对大禹说道:"错开河,错开河,往西不如往东挪。"这大雕曾驮着大禹勘察山川地势,还帮大禹出过治水良策。大禹听了大雕的话后认真思考着开凿的事情,于是他决定先停止现在的工作,挑选了三个力壮青年和有治水经验的民工,翻山越岭,重新勘测东边的山谷。经过两天的辛苦,他观察到向西南开凿高山重重,难度越来越大。但向东虽然石头坚硬,但却只需要凿十里,就可以把黄河水引出山谷。随后禹带着众人在龙门山开凿出一道大的缺口,河水顺畅流过,朝着黄河流去。①

禹王洞位于忻州市城南二十公里的系舟山腰。四千年前,大禹治水沿汾河泛舟北上,曾系舟于此,得名系舟山,此洞旧称仙人洞,洞内有一石像,酷似禹王,后改称禹王洞。相传有一天,大禹正在山中勘察地形,突然山体崩塌,尘土开始四散,等到地面平静后,突然发现山脚下有一个山洞。大禹走进山洞,只见洞中十分宽敞,可容下百十来人。大禹想,这真是天赐福地,正发愁大家没个休息的地方呢,这下可好了。随后,大禹治水期间,他和百姓们就一直居住在这个山洞。后人为了纪念他,就将此山洞称为"禹王洞"。②

芮城县的大禹渡又名神柏峪,史料记载,其古遗址属龙山文化,是人类早期活动的兴盛之地。公元前2100年间,黄河流域洪水泛滥,民不聊生,大禹受舜之命率众治水,他在这里栽下一棵柏树,作为确定高山大川观察水势的标志。大禹在这棵柏树下得到观音的点化,悟出"疏导"的治水良策。于是,大禹将治水大军屯住在这里,由此乘舟上凿龙门,下开三门,连续治水十三年,三过家门而不入,最终治水成功。后人敬仰大禹治水的精神和功

---

① 张丽丽:《大禹治水神话的文化重构——以山西河津龙门村为例》,硕士学位论文,山西师范大学民俗学专业,2015年。
② 同上。

德,就把大禹受神灵点化,治水大军乘舟出发之地称为"大禹渡"。大禹亲自栽种的那棵大柏树,称为"神柏"。这里的大禹渡、禹王庙、神柏、水官大禹像、定河神母像构成了系列治水神话景观。当地的口传神话多言此处为大禹治水时勘察地形之地,他终得天神、观音、老人点化,悟得治水的方法,上凿龙门,下三门,平定水患。"景观所表的叙事正是大禹治水的功绩与减少洪灾的诉求"①。在芮城上游的龙门河段,河津、乡宁、韩城等县均有大禹祠庙,这些庙多和凿龙门的神话有关。龙门河段是黄河流过千里晋陕大峡谷后,夺龙门隘口而出的关口,被称为禹门口。河道出龙门后陡然奔泻而去,形成极为特殊的地理风貌。因此,在从壶口到禹门口再到三门峡一段黄河两岸,形成了非常密集的大禹神话景观和信仰圈,叙事圈②。

夏县,古称安邑,因夏朝在此建都,又号称"华夏第一都"。夏县历史悠久,是中华民族的发祥地之一。"禹王城遗址位于夏县西北鸣条山麓,是第三批国务院公布的全国重点文物保护单位。禹王城为春秋战国时期魏国都城安邑,秦汉的河东郡治。现存禹王城遗址城址分大、中、小三座,大城周长十五公里,平面近似梯形。城内出土大量东周至汉代的遗物"③。夏县自古以来就有求

---

① 张多:《灾害的神话表征——"大禹治水"的景观分布及减灾表述》,《民俗研究》2018 年第 6 期。
② 对于晋陕豫交界的大禹庙的研究,参见王文慧《山、陕、豫大禹神话传说的文化意蕴与当代展演》,硕士学位论文,山西大学民俗学专业,2017 年。
③ 乔云飞:《山西夏县禹王城历史研究》,《文物世界》2013 年第 1 期。

神祈雨的民俗,"既有公开的设坛祈雨,也有秘密以'偷盗'方式求神。"① 公开祈雨为先立坛,再派雨官前往祈雨,全村统一行动,声势较大。属于秘密祈雨的有偷"龙王""七寡妇扫河""偷抹布"等。祈雨的地点,夏县多在禹庙滩和泗交镇太宽河下游的黑龙潭。黑龙潭供奉的是会施展法术,使夏县风调雨顺、五谷丰登的龙王。两种不同知识体系中的景观被共同作为应对旱灾的灵验物,整合到地方知识体系之中。

---

① 夏县政协文史资料委员会编《夏县文史资料》第 2 辑,1986,第 226~227 页。

# 四

## 文化内涵

## (一)原始生命观

大禹治水神话传说中的原始生命观主要体现在大禹出生的相关神话中。如前文引述的在河南登封流传的《雨师附身》的民间传说。除了这种出生方式以外,还有"鲧腹生禹"[①]的神话:鲧死后尸体三年不腐烂,鲧从自己的腹中生出禹,并且将其使命延续在禹的身上,而鲧的尸体则化为黄龙或黄熊,再次获得生命。神话中这种"化生"的生死观念,并不鲜见。在《山海经·大荒西经》中描写了女娲化生的特质:"有神十人,名曰女娲之肠,化为神,处粟广之野,横道而处。"[②]夸父的手杖"化为邓林"、蚩尤的桎梏"化为枫之木林"。

我们从这些生命的互相转化中可以发现,初民们希冀通过自己对自然万物的认识和幻想力来构筑一种"永生"的方式。这种生死转换、生死相依的思维特征,体现了初民们对待死亡来临的

---

[①] 前文已注,载于《山海经·海内经》。
[②] 方韬译注《山海经》,中华书局,2016,第311页。

淳朴的愿望，希望生命是可以延续和转换的。在他们的观念中，生死具有同一性，死是另一种形式的生，是一种彼岸的关怀，今世生命的消亡只是现世的结束。

## (二)民族精神象征

历史学家范文澜先生曾说:"许多古老民族都说远古曾有一次洪水,是不可抗拒的大天灾。独在黄炎族神话里说是洪水被禹治得'地平天成'了。这种克服自然、人定胜天的伟大精神,是禹治洪水神话的真实意义。"① 范文澜先生此处所说的"克服自然、人定胜天的伟大精神",亦即大禹精神,正是大禹治水神话传说的深刻文化内涵所在,它是中华民族伟大精神的体现。禹作为中华文明的缔造者之一,他和造人补天的女娲、射日的后羿都是远古神话中典型的英雄形象。他们在补天、治水和射日中充当着人类的保护者、灾害和祸患的防御者。鲍特文尼克等《神话辞典》中将"英雄"定义为"处于神与人之间的中介者"②。

大禹的形象经历了一个代表超自然力量的神到建立国家的

---

① 范文澜:《中国通史》第一册,人民出版社,1978,第22页。
② M.H.鲍特文尼克等《神话辞典》,黄鸿森等译,商务印书馆,1985,第330页。

人,再由立国始祖的人到民族精神象征的发展过程[1]。大禹神格形象在典籍中不断得到丰富,主要表现在其出生、娶妻、治水等方面。首先,大禹的出生有多种解释,有"鲧腹生禹"说、禹母"吞珠"说、禹母吞"月精"说、"禹生于石"说。在大禹娶妻方面,也多表述为"天赐神女",从而强化大禹的神格。随着信史系统的完善,神话中神的形象基本呈现出人格化的特点。《史记·夏本纪》记载:"夏禹,名曰文命。禹之父曰鲧,鲧之父曰帝颛顼,颛顼之父曰昌意,昌意之父曰黄帝。禹者,黄帝之玄孙而帝颛顼之孙也。禹之曾大父昌意及父鲧皆不得在帝位,为人臣。"[2]上文中将大禹的身世追溯为颛顼的五世孙,舜时天下禅让于禹,禹立国为夏后氏。最终大禹成为一个烙有时代印记的羽翼丰满的神话传说人物,反映了不同时代人们的历史观和道德观,作为人间道德、力量、视野、功绩的至高至善的代表与象征,承载着人们尊祖敬先的人生价值理想。禹祭也因此"获得了既超出于伦理却更立足于伦理的中国文化特征"[3]。

  大禹治水神话传说中所蕴含的精神为世人称赞,与儒家所倡行的文化观念相符,故而大禹功绩代代相传。《论语·泰伯第八》有云:"大哉,尧之为君也!巍巍乎,唯天为大,唯尧则之。荡荡乎,

---

[1] 王文慧:《山、陕、豫大禹神话传说的文化意蕴与当代展演》,山西大学硕士论文 2017 年。
[2] 司马迁:《史记》,线装书局,2006,第 5 页。
[3] 李向平:《祖宗的神灵 缺乏神性的中国人文世界》,广西人民出版社,1989,第 118 页。

民无能名焉。巍巍乎其有成功也，焕乎其有文章！"①孔子赞扬禹为仁人圣君，认为大禹生活俭朴，敬奉鬼神，注重礼仪以及躬自耕稼，是他心目中的完美君王。荀子赞其为圣人，在《荀子·性恶篇》中，他指出："凡禹之所以为禹者，以其为仁义法正也。"②

除儒家外，墨家、道家对大禹也多有称赞。《墨子·兼爱下》云："禹之征有苗也，非以求以重富贵，干福禄，乐耳目也。以求兴天下之利，除天下之害。即此禹兼也。"③墨翟认为大禹之所以是圣王，是因为他兼爱天下百姓；大禹治水采用疏导的方式，又与道家的"无为而治"相契合。因此，大禹精神传承至今，并受到历代帝王、官员及民众的赞赏、崇拜，与之密不可分。大禹治水之德成为传统社会全民信仰的重要因素，帝王借此平稳治下内心，加固统治；官员借此教化民众，祈求官途顺畅；百姓借此驱逐灾害带来的惶恐，祈愿生活安康。

大禹作为神话传说中的人物，经由文学书写展现出多维的面向。如鲁迅在小说《理水》中借用大禹治水的神话将重建现代社会、重构现实人性的主题融入其中。"大禹治水"这一神话故事本身退居为一种背景和场域。

这时候是"汤汤洪水方割，浩浩怀山襄陵"，舜爷的百姓，

---

① 金良年注评《论语》，凤凰出版社，2010，第80页。
② 荀子：《荀子》，山西古籍出版社，2003，第420页。
③ 毕沅校注《国学典藏 墨子》，吴旭民校点，上海古籍出版社，2014，第69页。

倒并不都挤在露出水面的山顶上,有的捆在树顶,有的坐着木排,有些木排上还搭有小小的板棚,从岸上看起来,很富于诗趣。

远地里的消息,是从木排上传过来的。大家终于知道,鲧大人因为治了九整年的水,什么效验也没有,上头龙心震怒,把他充军到羽山去了,接任的好像就是他的儿子文命少爷,乳名叫作阿禹。

灾荒得久了,大学早已解散,连幼稚园也没有地方开,所以百姓们都有些混混沌沌。只在文化山上,还聚集着许多学者,他们的食粮,是都从奇肱国用飞车运来的,因此不怕缺乏,因此也能够研究学问。然而他们里面,大抵是反对禹的,或者简直不相信世界上真有这个禹。①

"作者用大量的描写勾勒出身处这一时代中形形色色的人,借此完成了对中国脊梁式人物在文化起源处的一次探寻,以此来呈现和解剖现代中国的民族性格,完成对民族劣根性的无情揭露。"②大禹作为神话传说中的英雄,本身便附着了民族文化精神的投射,鲁迅将这种"劳神焦思"的文化精神及其代表人物称为"中国脊梁",是民族发展"固有之血脉"。经由鲁迅的文学建构,大

---

① 鲁迅:《鲁迅著作初版精选集 故事新编》,中央编译出版社,2012,第37~38页。
② 张岩:《鲁迅神话题材小说的"去神化"》,《中国现代文学研究丛刊》2018年第9期。

禹的形象重现了中国神话英雄所强调的崇高道德、牺牲精神和顽强意志，这也是鲁迅试图通过神话重述重新高扬的民族精神。

对鲁迅而言，其文学书写中对于英雄的重述，实际上消解了其"神圣性"，实现了神话中"英雄"的消弭和再生。正如凯伦·阿姆斯特朗在《神话简史》中所言："英雄神话并不热衷于提供令人敬拜的偶像，而是为了触动每个人血管里的英雄主义因素。神话必须导向积极的参与或模仿，而不是消极的冥思苦索。然而，生活在这个时代的我们早已遗忘，该如何以一种精神挑战和转变来把握我们的神话生活。"[1]

乐黛云曾说："大禹治水的神话传说世世代代铸造着中华民族的'民族魂'。"[2] 神话对于我们的意义，是人生体验和社会思考的另一种表达方式。神话作为人类产生之初便出现的一种文化形式，其中蕴含着某些强烈的原初生命力。

---

[1] 凯伦·阿姆斯特朗：《神话简史》，胡亚豳译，重庆出版社，2005，第146页。
[2] 乐黛云：《中国洪水神话大禹治水》，《神州学人》1999年第1期。

## (三)防灾经验

神话作为一个民族文化精神的源头,其中饱含着与人们生存和发展息息相关的情感因素和价值诉求。"神话的基本模式简单纯粹,如此轮廓分明,如此有效,如此具有约束力,如此具有感染力,以致他们一再令我们信以为真,仍然作为我们探索它们与人类存在之基本关系的最有用素材。"①

如明人李梦阳在其《禹庙碑》中表达的那样,当人们忘记了大禹的功绩时,"譬之天生物而物忘之;泳者忘其川,栖者忘其枝,民者忘其圣人。非忘之也,不知之也,不知自忘。及其灾也,号呼而祈求恤。"②"即便是科技发达的当代社会,灾害依旧是人类社会现实秩序的巨大威胁",而大禹治水神话传说中蕴含的应对灾

---

① 汉斯·布鲁门伯格:《神话研究》(上),胡继华译,上海人民出版社,2012,第169页。
② 张仁健:《古文名篇译析——李梦阳〈禹庙碑〉、钟嗣成〈录鬼簿序〉》,《名作欣赏》1994年第1期。

害的文化实践附着在以减灾、防灾为基本诉求的神话景观①之上，仍旧与现实相勾连，发挥着现实意义。"在山东宁阳的堽城坝村，旧时的禹王庙坐落于村北大汶河南岸。作为禹王庙的附属风物，其西南有一口防汛用的大钟，每到汛期大钟就被挂起。大钟本是防汛的实用装置，但其与禹王庙并置，则彰显了大禹治水神话的灵验属性是统摄性的。"②

大禹治水神话的意义不在于叙事中记忆了某次灾难，也不在于去探寻灾难发生的原因和地点，而是在洪水神话中承载的"民众应对灾害的知识传统和表述资源"。民众不断将这种知识传统付诸信仰实践与生活实践，对于神话内核的解读和重述就会在新的生态语境之下不断生成。

大禹在历史演变中经历了"神格"到"人格"再到"圣格"的发展历程，即作为治水英雄的大禹，其文化象征是作为"神格"而存在的；作为立国始祖的大禹，其文化象征是作为"人格"而存在的；作为民族精神符号的大禹，其文化象征是作为"圣格"而存在。而其从神格向人格再到圣格的转换历程，也正是大禹精神提炼生成的历史过程③。有研究者④将大禹精神概括为："以天下授益"、"其仁可亲，其言可信"的仁德爱民精神；"劳身焦思"、"陆

---

① 如禹庙、禹穴、禹墟、禹洞、禹台等。
② 张多：《灾害的神话表征——"大禹治水"的景观分布及减灾表述》，《民俗研究》2018年第6期。
③ 刘训华主编《大禹文化学概论》，武汉大学出版社，2012，第53页。
④ 刘白雪、常松木主编《大禹与嵩山》，中州古籍出版社，2009，第192页。

行乘车,水行乘舟,泥行乘撬"的艰苦奋斗精神;新婚离家赴任,治水"三过家门而不入"的躬亲劳苦、公而忘私精神;为民造福、九州一家的奉献精神等。

作为中华民族精神的重要源头,大禹精神经过中华文明五千年的浓缩、凝练和改造,已经成为中华民族的精神内核,赋予中国传统文化基本的精神色调,融合在中华民族的文化生命之中。继承和发展大禹治水精神是中华民族生生不息、薪火相传的动力和支撑,是凝聚中华民族的重要思想基础,是各族人民团结和睦、共同奋斗的精神纽带。

# 参考文献

## 一 著作

1. 陈连山.中国神话传说[M].北京：五洲传播出版社，2008.
2. 常松木.登封大禹神话传说[M].郑州：河南文艺出版社，2014.
3. 姜彬.稻作文化与江南民俗[M].上海：上海文艺出版社，1996.
4. 李向平.祖宗的神灵 缺乏神性的中国人文世界[M].南宁：广西人民出版社，1989.
5. 刘守华，陈建宪.中国民间神话经典[M].湖北：华中师范大学出版社，2014.
6. 刘训华主编.大禹文化学概论[M].湖北：武汉大学出版社，2012.
7. 完颜绍元编著.中国风俗之谜[M].上海：上海辞书出版社，2002.

8.袁珂校注.山海经校注[M].成都：巴蜀书社，1993.

9.张瀚墨.中国神话故事[M].北京：中国少年儿童出版社，2015.

## 二　学位论文

1.荣红智.风土、传说与历史记忆：鲁北地区的大禹传说研究[D].山东大学博士学位论文，2018.

2.王文慧.山、陕、豫大禹神话传说的文化意蕴与当代展演[D].山西大学硕士学位论文，2017.

3.余红艳.景观生产与景观叙事——以"白蛇传"为中心[D].华东师范大学博士学位论文，2015.

4.张丽丽.大禹治水神话的文化重构——以山西河津龙门村为例[D].山西师范大学硕士学位论文，2015.

## 三　期刊论文

1.乐黛云.中国洪水神话大禹治水[J].神州学人，1999（1）.

2.李岩.大禹治水与中国国家起源[J].学术论坛，2011（10）.

3.乔云飞.山西夏县禹王城历史研究[J].文物世界，2013（1）.

4.汤夺先、张莉曼."大禹治水"文化内涵的人类学解析[J].中南民族大学学报（人文社会科学版），2011（3）.

5.谭继和.夏禹文化的新探索——近年来夏禹文化研究述评[J].中华文化论坛，2000（1）.

6.王明珂.历史事实、历史记忆与历史心性[J].历史研究，2001（5）.

7.徐进.明代大禹记忆及其文化意蕴[J].殷都学刊，2016（4）.

8.向柏松.洪水神话的原型与建构[J].中南民族大学学报（人文社会科学版），2005（5）.

9.张多.灾害的神话表征——"大禹治水"的景观分布及减灾表述[J].民俗研究，2018（6）

4.汤夺先、张莉曼."大禹治水"文化内涵的人类学解析[J].中南民族大学学报(人文社会科学版),2011(3).

5.谭继和.夏禹文化的新探索——近年来夏禹文化研究述评[J].中华文化论坛,2000(1).

6.王明珂.历史事实、历史记忆与历史心性[J].历史研究,2001(5).

7.徐进.明代大禹记忆及其文化意蕴[J].殷都学刊,2016(4).

8.向柏松.洪水神话的原型与建构[J].中南民族大学学报(人文社会科学版),2005(5).

9.张多.灾害的神话表征——"大禹治水"的景观分布及减灾表述[J].民俗研究,2018(6)